我和妈妈的最后一年

[日]川村元气 著
果露怡 译

天津出版传媒集团
天津人民出版社

果麦文化 出品

1

打开门，天空一片昏黄。

天上没有半朵云彩，却也看不见太阳。我走下坡道，在尽头处左转。得抓紧时间，泉就快来了。一栋栋民居沿着缓坡次第排开，大小都相差无几。不知从哪户人家传出了钢琴声，是舒曼的《梦幻曲》[1]，不过总卡在第二小节。对啊，今天要上钢琴课。小美久，“Fa”和“Re”别弹得太急。不好，到上课时间了，可我必须先去个地方。是哪儿来着？我这是要往哪儿去？啊，想起来了，我要去车站前面的超市。今晚泉要来，那孩子喜欢牛肉烩饭和甜玉子烧，我要做给他吃，再配上大个的番茄。家里还有没有蛋黄酱来着？保险起见一块儿买了吧。泉要到站了，得赶紧把东西买好，快点儿赶路。傍晚的坡道上空无一人，只有鞋底踩过柏油路面的啪啪声。一架秋千映入眼帘，生锈的链条摇摇晃晃，兴许刚刚还有小孩子在玩耍。这是

1.《梦幻曲》，舒曼所作十三首《童年情景》中的第七首。——译者注，下同。

陡梯旁的一个小公园，有滑梯、跷跷板和秋千，都被用得很旧了。长长的阶梯往下延伸，尽头处是铁轨，赤红的电车悄无声息疾驰而过。蒲公英色的天幕下，居民楼密密麻麻挤在一起。更远处应该是海，却模模糊糊看不真切。百合子，你想好了吗？我回过头，爸爸站在跟前。别急，好好想清楚。母亲拿起手帕擦着眼睛。爸爸、妈妈，对不起，可我离不开这孩子。我张开嘴，不知怎么却发不出声，只吐出一阵干巴巴的空气。如果你坚持，那就随你吧。父亲闭上眼，转身走了，母亲也随他而去。我想追过去，脚下却一动也不能动。怎么办？谁来帮帮我！直到再也看不见父母的背影，我才跌坐在秋千上，荡起锈迹斑斑的链子望着天。这时，哗啦一声玻璃破碎的脆响，昏黄的天空冰裂开来，裂缝间露出茫茫一片白。瞬间，地面剧烈晃动，远处的居民楼像多米诺骨牌，一栋一栋轰然倒塌。泉……名字冲口而出。泉！泉！我不停地唤。怎么办？泉应该已经到站了，可是浅叶正在等我。我非去不可，他在等我。洋葱、胡萝卜和牛肉都得买，还有蛋黄酱，可是来不及了。该给小美久上钢琴课了，《梦幻曲》的第二小节，“Fa”和“Re”别弹得太急。爸爸、妈妈，对不起。天空开着纯白的裂口，眼看着暗下来。泛灰的黄色背景上，烟花一个一个地升上天。好奇怪，这些烟花只能看到上半边。我望着接连绽放的半圆，掉下泪来。

这景象，真美啊。

*

到家一看，母亲不见了。

葛西泉走进独门独院的老房子，在玄关边脱鞋边招呼母亲。黑漆漆的走廊只有他的声音在回荡。抬头一看，起居室都没亮灯。二楼也没任何动静。家里凉飕飕的，好像比外面还冷。泉拉起羽绒服拉链。他从车站一路走来，就盼着能进屋暖和暖和，这下却冻得直哆嗦。

泉走进厨房，一股腥臭扑鼻而来。母亲本该在这儿准备晚饭，现在却连人影也没有。打开荧光灯一瞧，小水槽里堆满了没洗的餐具和玻璃杯。炉灶上架着锅，吃剩的白菜就这么搁着。这就怪了，母亲向来喜欢井井有条，东西总是洗得干干净净的。

泉还小的时候，只有母亲病得起不了床，才会是他帮着洗碗。小学放学一回家，泉就把小板凳搬进厨房，踮起脚给海绵打上泡泡。他总共也没洗过几次，却会像干了番大事一样去跟母亲报告。母亲总会支起身子，夸他："泉真了不起，谢谢你啊。"

有次泉得意忘形，第二天早饭的碗也争着洗，结果手一滑，心里叫糟却还是晚了一步，碗就摔碎了。据说那是母亲年轻时去九州旅游时买的碗，已经爱惜地用了十几年。母亲听见动静赶来，看到水槽里摔成两半的碗，一把拉起泉的手问："没事吧？伤着没？"血从泉的食指尖渗出，就像停着一只瓢虫。泉反应过来时，手指已经被母亲含进嘴里。温热的唾液包裹住指尖，泉顿时说不出的内疚，胸口堵得发慌。

泉来到隔壁的起居室，先打开荧光灯，然后是空调和电视。一架用旧的三角钢琴横在中央，几乎霸占了整个房间，一旁拘束地放着小电视和音响。

母亲的生活重心始终离不了钢琴。读完私立音乐大学，她就边以钢琴家身份举办小型演奏会，边在酒店休息室这类地方弹琴维生。有了泉之后，因为必须有个稳定收入，她就开始教人弹琴。母亲的口碑很好，大家都说“这老师人长得漂亮教得也好”，于是很快在街坊里传开，母亲便收了不少学生。泉起初也学过一阵，可母亲教琴时就像变了个人，十分严苛，钢琴课上的母亲让他害怕。结果等上了小学，泉就说不想再学了。母亲一脸寂寞地说：“其实你不用在意我怎么教，弹自己的就是了。”不过遗憾归遗憾，母亲并没责怪他，因为“音乐本身是自由的”。

发黄的空调呜呜地送出温乎乎的风，夹着些霉臭。泉打了母亲的手机，可是响过六七声就切进了语音留言箱。

窗边的相框里装着一张抓拍，是母子二人温泉旅行时拍的。照片里的泉和母亲穿着浴衣，正并排站在旅馆门口。那是两三年前吧，说不定还要更早些。这是母子俩难得的单独合影。当时在旅馆房间里用餐，母亲吃着大片日本龙虾刺身，不停说：“真好吃，下次还要再来。”泉听得不耐烦，回了句：“行了，知道了。”母亲有些难过地说了声：“抱歉啊。”

泉坐到餐桌前，盯着电视机发起呆，一走神就快一个小时。局促的院子外面，紫色的天空被巨大的居民楼遮着。等到窗外逐渐亮起点点灯火，泉才想起肚子饿了。母亲知道他几点到家，却这么晚还不回来，未免让人有些担心。天已经黑了，外面已经看不到人影。

泉上了二楼走进自己房间，把背包放到床上。这张廉价不锈钢床从高中用到现在，一碰就嘎吱响。书架上摆着不少文库本推理小说，还有外语歌光盘。旁边是一直吃灰的电吉他，没人碰过。这把深褐色的Telecaster是母亲送给泉的。直到大学毕业他都在玩乐队，不过到头来也没什么满意的成果。

木楼梯很陡，泉弓着身子下了楼。起居室的沙发上扔着母亲的围巾，他边打量边走向玄关，蹬上帆布鞋出了门。

泉步下坡道，在尽头处左转。母亲会去哪儿呢？他不由得小跑起来，正好暖和一下身子。路灯照着他吐出的白气，年关将至，街上似乎也格外流光溢彩。一栋栋民宅沿坡而建，家家户户的窗口都透着乳白色的光，依稀传出电视节目里的欢笑声。

泉拐进小巷，打算下陡梯抄近路去车站。他刚握住阶梯扶手，就被一旁公园里摇摆的秋千吸引了视线。

昏暗的路灯，映照出百合子的身影。

她正坐在嘎吱晃动的秋千上，眺望着夜幕下延伸的街景。泉小心翼翼地走过去，生怕吓着她。微光落在她的侧脸，映出一道道皱纹。母亲确实老了，同时却有种少女般的纯真。泉已经来到母亲身边，她却还没察觉，只是挂着微笑，依旧注视着街上的灯火，仿佛沉浸在美妙的梦境里。

“妈，你怎么在这儿？”

泉轻声问，气还有些喘。

“我啊……必须回去。”

百合子低喃，仿佛在自言自语。

“什么？”

“得回去啊。”

“妈，你说什么呢？”

“啊，抱歉……是泉啊。”

百合子总算回过头，看向泉的双眸泛着水光。泉有些摸不着头脑，母亲眼底是他从未见过的风情。

“吓死我了，回家到处找不着人。”

“不好意思啊，我在超市买东西，结果有些累了。”

百合子说是买了东西，却空着双手。

“待在这儿会感冒的。”

泉来到秋千旁，脱下羽绒服披在百合子肩上。母亲穿着熨过的白衬衫，外面只套了件深蓝色的开衫，就这个季节来说实在过于单薄。

“怎么样？回家喝杯热茶吧？”

“我得去买洋葱和胡萝卜，还有牛肉……”

“那我陪你去车站超市吧。”

百合子应了声“好”，稚气地点点头，接着又望向下方的街景。左右延伸的铁路一眼望不到头，赤红的电车行驶而来。除夕之夜，车厢里看不见乘客，只是格外缓慢地横穿过二人的视野。

车站前有家大超市，规模不亚于小型游乐场。这片街区原本只有小商铺，四年前才引进了这家大型连锁店。这家店从食材到药品、日用杂货，甚至家电和服饰都一应俱全，说它是超市实在有些屈才。可叫百货商场或是购物中心吧，百合子又感觉不自在，索性就一直叫它“车站超市”。

再过几小时就是新年，食品卖场十分冷清。母亲走在前面，脚步好像比平时要快。泉边叫她慢点儿，边推着购物车追在后面。货架上堆放的都是面条调味料，增加抗体的酸奶，还有无麸质食品和所谓的“超级食物”，泉没来的这段时间里，卖的东西已经大不一样了。

泉住的公寓在市中心，周围没有像样的超市，日常吃用都是从网上下单让快递送上门。购物网站的人工智能很强大，能精准挑出客人从前买过的、下次该买的，或者可能感兴趣的商品，推荐到页面上。只要顺着推荐点进去，三两下就能把东西买全。

百合子匆匆穿梭在货架间，一边嘟囔着“这个不能少，那个也必须买”，一边把番茄、胡萝卜一股脑儿放进深红色购物篮，泉心想：这么多根本吃不完啊。

百合子挑了最贵的一款维也纳香肠放进篮子，泉指着便宜些的想让她换一换，结果母亲笑了：“你小时候就吃这个，不给就哭。”泉纳闷了，自己还闹过这种脾气？怎么完全没印象？

“你从前就是这样，什么事转头就忘。”百合子边说边拿起牛肉烩饭的酱汁，“今天做牛肉烩饭和甜玉子烧，全是你爱吃的。”

泉把满满一大篮东西放到收银台前，百合子从兜里取出钱包。

这是泉在国外免税店买给她的名牌皮夹，此刻却鼓得像个铜锣烧。打开一看，放纸币的地方全是收银小票。以往母亲只要买完东西回家，总会收拾一遍钱包，现在零钱袋却鼓鼓地塞满了硬币。百合子注意到泉盯着钱包的视线，解释说最近有些算不清账，总是给大钞，结果零钱越来越多。百合子垂着眼，难为情地合起了钱包。

“我能去趟三楼吗？”

泉把蔬菜塞进购物袋后问道。歪歪扭扭的袋子眼看要倒，他连忙伸手按住。

“有东西要买？”

百合子把满袋子食材分门别类整理好，堆放成规整的圆形。

“家里太冷了，我想买件保暖内衣睡觉穿。”

“不好意思啊，空调不太好用。”

“没事，是我自己怕冷。”

“你是真怕冷。”

确实，泉不禁失笑。从前他就既怕冷又怕热。读小学那阵，他说过“我只喜欢暖烘烘和凉悠悠”，惹得母亲哭笑不得。

“帮你也买一件？”

“你别操心我，正好我也去逛逛别的东西。”

“那就一刻钟后在入口见吧。”

泉坐电梯上了三楼，找起保暖内衣。店里井然有序，泉边走边意识到自己松了口气。跟母亲相处还不到一个小时，他已经快要窒息了。哪怕只是走在一起，他都浑身不自在。

泉找到工作就搬了出去，一晃已经过了十五年。虽然两地相隔不过一个半小时的距离，但他和母亲仍然是渐行渐远，如今一年才回来两次。不管怎么说，大过年的总不能让母亲一个人过，于是一起辞旧迎新就成了惯例。只是这几年他跟母亲已经没什么共同语言，最多只是点头应和，所以在一起完全成了熬时间。也不知道是从什么时候起，他连话都懒得跟母亲说了。从前明明是他光顾着聊自己的事，不知不觉间就颠倒了过来。

泉拿起印着“极暖”粗体字的保暖内衣，挑起尺寸颜色。一旁正好是女装货架，虽然穿同款感觉有些别扭，他还是帮母亲也拿上一件，一起结了账。

走出电梯，只见母亲正捧着纯白的朱顶红候在超市门口。她的肌肤白如霜雪，仿佛恢复了泉儿时所见的面容。记得每次母亲出席开学典礼或者公开课，老师同学总会说“阿泉妈妈真漂亮”，让他格外得意。

“不好意思，让你等了一会儿。”泉一步步走过去，百合子默默地摇了摇头，一朵白花托着她的鹅蛋小脸，映衬出温柔的微笑。

“抱歉啊，家里乱得很。”百合子一进家门就收拾起四散在起居室的信件。“这么客气干什么。”泉说着给花拆了包装。餐桌上的花瓶里插着银莲花，都要谢了，几片枯黄的花瓣掉在桌上。按说母亲从不会忘记给花瓶换花。泉抽出枯枝，把土黄色的污水倒进水槽，换了清水插上娇嫩的鲜花，整个房间顿时明快起来。

好些洗好的衣物堆在一旁，百合子一件件叠起来。泉走进厨房，把购物袋里的食材拿出来放进冰箱。冰箱里乱七八糟，塞满了保鲜膜包好的剩菜，蔬菜抽屉里是干瘪的菠菜和萝卜，里边躺着个已经全身发黑的香蕉。电饭煲一旁放着两大袋吐司，都没开过封。泉从购物袋里拿出刚买的放下，冲起居室里的母亲叫道：

“妈，你买这么多吐司干吗？”

泉指着电饭煲旁的三袋吐司。

“最近总是买重。”

百合子苦笑着把叠成正方形的浴巾堆好。

“还是老样子啊。”

“是啊，也不是现在才有这毛病。”

泉以前也常看到母亲囤货，冰箱里的酸奶或者火腿还没吃完，她又买来一样的往里塞。只是因为泉说过好吃，正好又遇上打折。

等泉出来，换百合子进了厨房，她系起围裙，在水槽边淘好米，用小炉灶熟练地左右开弓，做起了牛肉烩饭和玉子烧。等给锅点上火，她又洗干净生菜切起番茄。

母亲白天教钢琴，晚上还要忙兼职，所以做饭非常麻利。前脚才见她进厨房，一转眼饭菜就上了桌。泉刚搬出去那阵，也试过同时做好几个菜，结果总是手忙脚乱一团糟。于是他不得不感叹，母亲那简直是魔术。

“要我帮忙吗？”泉问道。百合子顾着案板头也不抬，让他自己去看电视。泉闻着多蜜酱汁的香气，歪在沙发上看起了红白歌会。偶像团队统一戴着红帽子，夸张地尖着嗓子给演歌女歌手助威。演歌歌手挂着难以形容的微笑，也不知是开心还是为难。

不知这是第几次跟母亲一起看红白了。泉是初中三年级的时候跟母亲搬进来的，那起码该有二十次了。也不知还能再看多少次，十次？二十次？三十次估计是不太可能了。泉这才察觉，母子二人能一起走的路，已经过半。

晨间剧女演员高呼今年的红组是最强阵容，顺便提醒观众别忘了，节目是以红白分组的形式进行对战的。

“女演员下了台都这样。”泉想起上司曾面露得意地跟他说。几年前，泉因为工作关系见过这名女演员。当时她受邀给某电影主题歌拍MV，而泉正好负责那位歌手的宣传工作，也在拍摄现场。无论是试衣服还是拍摄过程中，她都几乎没怎么开过口，有的只是最低限度的寒暄和答复，还有配合角色的几句台词，从不主动说话。因为她在电视上给人的印象是开朗活泼的新生代，所以唱片公司的工作人员都很意外。那时泉以为她是初来乍到不习惯音乐制作现场，还挺同情的。不过看她在红白歌对战上高呼的模样，说不定她只是沉迷于自己的演技。无论台上台下，对这位女演员而言，或许都只是一场有趣的戏。“吃饭了。”母亲在身后叫道。

牛肉烩饭热气腾腾，白花花的米饭上淋着香浓的酱汁。法式清汤里，漂着切块的芜菁。新鲜番茄和生菜沙拉，甜味的玉子烧，紫色诱人的酱油拌茄子，还有水煮胡萝卜和萝卜干。桌上满满都是母亲亲手做的菜。当然，也少不了年味十足的拌萝卜丝和煮鲱鱼。

“真是变魔术啊。”泉感慨着上了桌。

“什么魔术？”百合子边摆筷子边问。

“没什么，这么多菜怎么一眨眼就做好了？”

“吃不下？”

“哪有，看着就有食欲。”

“唉，其实今年我都偷懒了。沙拉只用切了盛好，萝卜干也是买现成的。你别介意。”

“这有什么。”

“本来我是想全都自己做……”

“用不着这么讲究。”

“抱歉啊。”

“你真是……”

“不扫兴了，先吃饭吧。”

两人齐声说了句“开动了”。电视里，评委们坐成一排挨个做着点评，整个起居室里都满溢着播音员激情四射的解说。按家里的规矩，平时吃饭是要关电视的，不过除夕夜可以破例。

牛肉烩饭里的洋葱入口即化，胡萝卜芯还有些硬，裹着红褐色的酱汁，口感堪称一绝。连同米饭一起送进嘴里，些许酸味之后，洋葱和多蜜酱汁的甘甜在舌间扩散。泉手里的勺子根本停不下来，一个劲儿呼呼吹着往嘴里送。母亲做的牛肉烩饭是泉的最爱，从前那些偷瞄着厨房盼晚饭的日子，顿时历历在目。

等他回过神来，盘子里已经只剩几粒米。百合子问他要不要添饭，泉默默点了头。百合子拿起盘子去了厨房，红白歌会将近尾声，舞台上投映出绚丽的画面，男团正载歌载舞，观众席上爆发出近乎尖叫的欢呼。主持人介绍说，舞台使用了最先进的投影技术，却没解释到底先进在哪里。

饭快吃完的时候，电视画面切换到了银装素裹的寺庙，主持人说还有几分钟就是新年了。泉突然好奇其他台的节目，拿着遥控换起频道。屏幕上大多是今年当红的搞笑艺人或者偶像团体，其中穿插一些新闻主持人和运动员，每个节目都很吵闹，泉没翻几下就调回了刚才的频道。百合子明白他的心思："反正知道什么时候到新年就行了。"

电视里响起的钟声宣告了新年的到来。

"新年快乐。"百合子低下头道。

泉也回了句："祝您新年快乐。"这是母子间一年只有一次的敬语。泉有些害臊地笑了，百合子也微笑着说了声："今年也多多关照。"

泉的手机震了起来，是公司后辈和朋友们接连发来的新年问候。他给回老家探亲的香织发了条信息，马上就收到了回复："新年快乐，好好陪妈妈。"

"香织还好吗？"

泉头埋头看着手机，回答说："她很好，还让我向你问好呢。"

"这样啊，好久没见她了。"母亲说。

"对了，妈你多少岁了？"泉想转移话题，一边捏起桌上剩的鲱鱼一边问她。

“别，我才不想算。”百合子摇着头，把空盘子叠到一起。

“今天不就是算岁数的日子吗？”

“都这把年纪了，算不算都一样。”

“六十九了吧？”

“六十八。”

“哎呀，不好意思。”

“没事，反正你每次都记不住。”

泉带着苦笑注视着母亲的脸，等她收完餐桌上的盘子抬头看向自己。

“妈，生日快乐。”

元旦是母亲的生日，泉每年都跟百合子一起跨年，为她过生日。

“我的生日谁都记得住，却也总是被人忘了。”

大家都记得她是元旦出生，可到了当天就总忘个一干二净，连句祝福都没有。而且想过生日也不好请人，餐馆又都在歇业。以至于只好拿年夜饭当成是生日蛋糕，把神社的护身符当成是礼物。每当被人问起生日，百合子总会愤愤抱怨一番一月一号过生日有多惨，末了再自嘲一句：“到底生日快乐还是比不过新年快乐啊。”

百合子也有过唯一的慰藉，那是她从前的发小，跟她一样，也是一月一号生日。仿佛天意一般，两人立刻就成了挚友。

泉是十一岁那年，听母亲说到这件事的。

那天，是他这辈子第一次给母亲送生日礼物。前一天，他在商店街逛来逛去不知选什么好，结果就买了一枝花店里最后卖剩的水仙。百合子接过细长的包装，几不可闻地低喃了一声“谢谢”，接着出了起居室，好一会儿也没回来。

泉坐立不安，以为选错了礼物，心想早知道就送母亲喜欢的泡芙了。他正后悔，母亲却红着眼睛回来了。“你怎么想到送白花？”母亲问，“这是我最喜欢的颜色。”

“因为就剩这一枝了。”泉老实交代，“要是让我自己选，我也不知道哪种好。”

“真庆幸我是今天生日。”

母亲又一声低喃，来到摆满照片的窗前，拿起其中一张高中时代的照片，讲起了发小的故事。

百合子和发小每年元旦都会两人一起过生日，交换礼物，然后去神社参拜，再一起去电影院看贺岁档。就好像是被上天选中的两个人。她们还一起算过命，说好将来无论幸福或是不幸，都要一起迎接。

然而十七岁那年春天，发小突遇交通事故，撒手人寰。比起悲痛，百合子感到的更多是无所适从。即使去了葬礼，她也还是没有实感。只是感到形影不离的人永远离去，自己也仿佛不再完整。从那以后，百合子也再不相信任何杂志或电视上的占卜。

“共享命运的人先走一步，生日对我早就没了意义。不过现在有泉帮我过生日，所以它又有了意义。”

百合子笑着谢过泉，把白花插进了透明的玻璃杯。

每年元旦，泉都会送礼物给母亲，像是手帕啦、茶杯啦，或是发饰吊坠。而从泉送花那天以后，百合子就每天都会在家里插上一枝鲜花。就像是某种约定一样，两人一起时一定有花，花瓶里从没断过色彩。除了那个时候。

“可是啊……”

母亲的声音让他的目光重新聚焦在模糊的银光上。他已经连着喝了六罐啤酒，空罐子就像发光的虫，横躺在眼前。

“怎么了？”

“虽说年年都这样……”

“什么事？”

“结果还是没人联系我啊。”

百合子说着摇了摇去年秋天刚买的智能手机。一开始她搞不懂用法，还发了好多信息问泉。

“天亮就会有祝福信息了。”泉重新看向母亲。

“是啊，但愿别把我忘了。”

母亲面带微笑，眼底重又泛起水光，满是怀春少女般的娇美。个中缘由，泉尚不得而知。

2

仿如夜空中的流云一般。

“大概六厘米，跟猕猴桃差不多大。”

医生盯着超声检查的显示屏，在微微隆起的肚子上来回移动探头。泉凝视着弧形肌肤上滑动的机器。画面里，翻卷的流云呈现出人形。

“猕猴桃啊……这么大？”

香织仰躺在产检台上，张开拇指和食指比画出六厘米的大小。检查室的墙雪白无瑕，飘着淡淡的药味。只有挂历上印着的油菜花照片，给房间添了一抹亮色。

“唔，好像没这么大，那就跟草莓差不多吧。”

“草莓啊……”香织缩了缩指间的间隙，“怎么都是拿水果比大小啊？”

“是啊，想不出其他合适的，你有什么点子？”

“比如马卡龙，或者泡芙？”

“好像有点儿太甜了。”

微胖的妇产科医生听得哈哈大笑。从外表看，与其说他是医生，倒更像个厨师。

“确实，感觉会胖。”香织也跟着笑起来，“那就网球或者乒乓球？”

“这是个好主意，下次用上。”

妇产科医生快活地竖起食指。他的白大褂尺寸偏大，手垂下来直接能把指尖遮住。

“没什么问题吧？”

一直默默听他们闲聊的泉忍不住插嘴。

“哎呀，不好意思，让你担心了。”妇产科医生指向显示屏，“看吧，心脏跳得多带劲儿，十分健康。”

泉哑着嗓子说了声“那就好”，转头看香织。躺在一旁的香织握住他的手，做了个“太好了”的口型。

人形的云朵缓缓摇曳，中央那颗小小的心脏扑通扑通地跳动着。泉还不太敢相信，一个生命正在孕育着，他要当爸爸了。

“真期待啊，再过半年你们就要当爸妈了。”

妇产科医生擦着探头上的凝胶，露出亲切的笑脸。泉起身道过谢，打开白色的房门。

这时，泉好像听到有人叫他。一回头，正看到超声检查的显示器。只是，屏幕里已经没有夜空和翻卷的流云，只剩一片黑暗。

“你工作忙，不用每次都陪我。”

两人离开医院，在最近的车站乘上电车后，香织对泉这样说道。午后的总武线没几个乘客，泉也跟香织坐在一起。

“哎？不是应该的吗？”

泉略带失望地说着，一边看向香织的侧脸，她的目光正投向窗外成排的樱花树。入春后，这些树将染作一片粉红，虽然现在还只是褐色的枝丫。

“小纯说，她老公一次都没陪过她。”

“那也太不像话了。”

“听说很多男性都不愿意去妇产科。”

“这样啊。”

“我也不是不能理解，可是每次检查都要等好久，差不多半天时间才能弄完，还要忍着孕吐。”

香织的手紧紧握住深蓝皮包的一角，每当恶心得厉害，她就会这么做。“不要紧吧？”泉问道。“嗯，没事。”她从包里拿出一盒软装苹果汁，一饮而尽——这是她随身携带的“止吐药”。她还没给皮包贴上孕妇标志，说是有些害臊，结果就一拖再拖。

“不过，这种经历一辈子也就一两次呐。”

电车加速穿过一片钓鱼池。现在是上班时间，鱼塘却很是火爆。钓客们都坐着装啤酒的塑料筐，在区隔成长方形的鱼塘边垂着鱼线。远远看去都不像是在钓鱼。

“阿泉，你太拼了。勉强撑着，会吃不消的。”

香织一边叠着苹果汁的纸盒一边对他说。扔纸制品时她总是会这样。无论是便当的包装，还是用完的纸巾，甚至卫生筷的纸套，一定会叠成一小块再扔。

“我没勉强。”

泉话音未落，电车已经驶进鱼塘上方的站点停了下来。狭窄的站台夹在黄色和橘色的电车之间，香织走在前面，泉冲着她的后脑勺叫道：“我只是什么都不懂，所以想都体验一下。”

二人走出检票口，穿过人行横道，沿着缓坡漫步而行。路旁开着连锁咖啡店、兼卖唱片的书店，还有牛肉盖饭馆和便利商店。

“没想到看得这么清楚。”寒风迎面而来，泉竖起风衣领子说道。

“什么清楚？”香织看着泉，重新挎好皮包。越是往上走坡度也越陡，可她不乐意让泉帮忙拿东西。

“小宝宝的超声照。”

“是啊，不过听说还能拍3D的。”

“3D？”

“小宝宝看起来是立体的，像真的一样。而且最近还出了4D照。”

“四次元？什么意思？”

“不仅是立体的，还有动画。”

“这么厉害！”泉不禁感叹。

“就跟看电影一样。”香织笑道，“不过‘四次元’好像不是这个意思哦。”

上到坡顶右转，可以看到一栋巨大的深灰色高楼被正方形窗户切割成块。阳光洒在坡道上，暖和不少。

“不过小宝宝这么可爱，确实会想看得更清楚。”

“真心话？”

“当然。”

“感觉像个外星人！”

“过分了吧？”泉不禁苦笑。

香织顿了顿，接着说道：“我就一点儿不理解超声照哪里可爱。”

“是你太理性了吧。”

“有吗？我倒觉得很多人都这么想，只是不好说出口。”

“真的假的？”

“真的。”

泉和香织一起走进深灰大楼，自动门打开后，大堂里身着制服的前台小姐并排坐着，像一对双胞胎。这俩人总是盯着面前的电脑，只在必要时抬头，机械地问好。香织常笑说：“还不如机器人呢。”前台旁有块大屏幕，正好在放泉现在负责的嘻哈新秀歌手的MV。视频拍得很讲究，歌词却完全留不下印象，泉刚做完这首歌时明明很满意。

“什么时候跟妈说？”

泉瞥着一楼的咖啡馆，走进尽头的电梯，分别按下三楼和五楼的按钮，这才回头看向香织：“是啊，差不多已经稳定下来，该跟她说了。”

“我也要考虑下安排了。”

“什么安排？”

“工作。我是想，能工作就尽量工作，反正休产假也没什么事做。”香织耸了耸肩，顶头上司和人事部已经知道她怀孕的消息了。

“之前有人跟我说。”

“说什么？”

“说让我去生孩子。”

“这什么意思？”

“‘香织工作能力比你强多了，孩子还是你生你养吧。’你听听这话。”

“这么毒！”香织被逗笑了。她确实是名优秀的总监，在公司里很有人望，每个部门都想要挖她。结果在她本人的坚持下，现在如愿调到古典部门，又是策划专辑、录唱片，又是安排旗下演奏家的音乐会，十分忙碌。

“我可笑不出来，夫妻同社太难了。”

“靠你啦，老公！”

香织淘气地笑了，同时“砰”的一声，电梯停在三楼。门开后，好几名后辈进来向二人问好。香织回了礼，匆匆步出电梯。

“谢谢你花钱买我的才能。”这是泉第一次跟KOE见面时，她开口说的第一句话，“请把我当商品卖出去，不然我就白出来了。”

是互联网发掘了KOE的才华，加之她遮住脸只露嘴，煽情的视觉图让人浮想出神秘的美貌，一时间成为网红，自制的MV每支点击量都在三百万以上。如此一年过后，连知名唱片公司也盯上了她。

经过五家唱片公司的竞争，她最终选了泉所在的公司。泉很早就注意到KOE的才能，主动提出要为她做宣传，而比他小两岁的香织则是助理总监。

“我没法同时跟三人以上说话，今后开会请把人数控制到最少。”“我不喜欢太阳，想搬到没窗户的房间。”“咖啡因对我身体不好，请给我白水。”每次KOE提要求，工作人员都会带着哄小孩的笑容拼命满足她。

这是请了个小祖宗啊！每个人的心里都显然拉响了警笛。不过最后人人都接纳了她。“感谢大家照顾，”KOE深鞠一躬，稚气的笑脸伴着泪水，“我刚才好紧张。”她擦着眼泪低喃道，声音的颗粒分外精细。当时甚至有新入职的女同事感极而泣，在泉身后抽着鼻子。

“她的才能不仅在于创作，更在于她能吸引周围人的关爱和助力。”

泉想起发掘了KOE的新人部门总监说过的话。她的确具备能红的条件。再看身边，香织也一脸笃定地注视着KOE。

第一次见面之后，泉一回办公室就收到了KOE的邮件。她先解释了一下是从名片上看到的邮箱，然后强烈表达了自己多么寄希望于今后的活动，末了还补上一句：“对泉先生我很有共鸣，无论我的音乐好或不好，都想听听您的意见。”泉读到这里，满心都是被她信赖的兴奋。从此，KOE每完成一首歌，泉都会挑出触动自己的歌词，写下感想发给她。

尚未出道，她就享受了破格待遇，被她的歌词打动的作曲家们争着抢着为她谱曲。泉拿着KOE试唱的音频，到处拜访连续剧和电影的制作人。他还跟上司商量，制作了华丽的纸质资料。好些制作人被KOE的高水准震撼，还有从网红时期就在关注她的导演，他们立刻找上门来，同时敲定了电影和TV动画的合作。这是极不寻常的造星规模，KOE的闪亮出道正在有条不紊地推进。

然而，就在正式录音的前一周，KOE失踪了。

经纪人怎么也联系不上她，没人知道她去了哪儿。工作人员急得团团转，全体出动到处找人。泉也不停给她发信息，却从没收到回信。

“KOE找到了，在涩谷。你现在能过来吗？”

五天后的凌晨两点，香织打来电话。泉匆匆在T恤外面披上件夹克，冲出家门拦了辆出租车。等坐进车里，他才发现T恤上是傻兮兮的动画人物，只好扣上夹克纽扣。每次去见KOE，泉都会穿她喜欢的深蓝无花的衣服。

“其实KOE失踪这段时间里一直跟我保持着联系。”泉来到涩谷的高级酒店，香织正在大堂等他，“她说她也是想好好说清楚的，可跟那些人说什么都没用。”

事已至此，即便现在叫上司来见她，恐怕除了添乱什么忙也帮不上，所以才叫了泉。在通往高层的电梯里，香织说着。KOE也说了，泉是相对来说比较可信的。

KOE只肯联系香织，这一点深深伤害了泉。他为自己感到丢脸，不该轻信KOE那句跟他有共鸣。

“KOE没有爸爸。”

出租车行驶在高速公路上。车里，香织望着淡紫色的街道喃喃低语。

破晓时的高速空空荡荡，出租车畅行无阻。泉只应了一声就不再说话，他拿不准香织这话的意图，刚结束了四个小时的漫长对峙，他实在拿不出力气问她。

没有爸爸。

二人沉默不语，只有这句话久久回荡。

从KOE入住的高层豪华套房里，能饱览涩谷璀璨到刺目的夜景。她不仅有高到让人咋舌的签约费，公司每个月还要付给她一笔所谓的“育成金”。

“我忘了音乐。”KOE像猫一样蜷腿坐在大沙发上，“要怎么写词，该用什么感情唱歌，我怎么都想不起来了。”

“我决定放弃音乐了。”KOE继续说道。她再次强调：“已经忘了就再也没办法呈现了。”泉哑口无言，香织在一旁冷静地问：“你为什么会这么想？发生了什么？你今后打算怎么办？”

“我有喜欢的人了。”

KOE继续凝视着亮到刺眼的楼群，开始讲述自己如何迷上了比自己年长许多的摄影师。

“我也想不通，第一次见面而已，怎么一下子就接纳了。不对，不是接纳，更像是整个人被拽过去那种感觉。”

第一次拍摄结束后，KOE在工作室外面等他。那是周五晚上，她面前人来人往。不过当时KOE的长相还没公开，路旁的她还只是个普通人。

“是个什么样的人？”香织问道。

“我只知道他刚离婚，还有很厌倦东京的人际关系。”

泉很想催她赶紧往下说，可又明白现在不该插嘴。这就好比是在搭积木，稍有差池就会前功尽弃。香织就像在引出躲在廊道下的猫一般，不紧不慢地继续问：“然后呢？”

“我约他去了酒店。我到现在都不敢相信，自己会有这种欲望。我本来很排斥男性。我明明对男人的性欲恨到吐的。”

泉也没想到，自己能如此坦然地接受KOE所说的一切。他感觉迟早会发生这种事，她就是对这类玩火心痒。

认识才三天，KOE就住进了摄影师的公寓。她断绝了和经纪人的联系，闭门不出，无论录音还是宣传工作都一概放弃。可是，摄影师竟然告诉她，自己下个月就要搬去布鲁克林定居了。“这是遇到你之前就定好的。”他的父亲是位著名演员，乐得给他钱花。

“我没有任何留恋，我要跟他去布鲁克林，只要有他就行。”

KOE躺在沙发上低喃道。她的声音已经失去了第一次见面时那种夺人心魄的精细粒子，就像魔法解除，黯然失色。她一脸平静，去意已决。

恐怕无法更深入她的世界了。香织不再追问，打算放弃。泉站了出来，劝她好歹把正在制作的曲子完成了再去美国。起码那么多邮件往来，不该毫无意义。

“我已经不是从前那个我。这几个月写的歌，也不再是我想说想唱的。没办法，只能全部舍弃。”

她就像即将入睡般软绵绵地拒绝了泉，那眼神仿佛已沉浸在梦中。窗外的天空渐渐转亮，淡淡的紫色铺展开来。不知不觉，涩谷竞相闪耀的街道上，已经只剩少许灯火。

出租车停在深灰色的大楼前，泉和香织下了车，近乎喧闹的鸟鸣从道旁树间侵袭而来。二人逃也似的进了办公室，以公司高层为首的相关人员几乎都在等他们。

之后那个月，KOE去了美国。

店里的炭炉冒着烟，泉拿起一扎啤酒，香织举起酒杯一碰，道了声："辛苦了。"

这是一家开在公司旁边的餐馆，生意红火，很难预约。然而店员的态度实在不敢恭维，加上离公司太近让人紧张，于是同事们都敬而远之，倒是方便了二人见面聊天。

“听说是个韩国舞蹈家。”香织吃着韩式拌豆芽说道。

“什么舞蹈家？”泉不明所以地夹着豆芽。

“KOE在布鲁克林的情敌。”

“哦，那个摄影师的出轨对象啊。”

半年前，KOE回国发了专辑。

香织就像知道她会回来一样默默推进着工作，等到KOE一回国就加班加点在中目黑的工作室录好歌，终于发表了跳票九个月的专辑。

专辑发售的纪念出道演唱会结束后，泉约了香织来吃烤肉。

“谈不上出轨，那种男人不会认真的，只是会逢场作戏。”香织的啤酒已经下去了一半。

“逢场作戏？”泉也不甘落后地喝起酒。

“他只是知道KOE想听什么话，想他怎么做。他没有自己的想法和感情，只是在扮演KOE希望的角色。”

“确实，有的男人只擅长这种。”

“我没有这半年的记忆。”回国后的KOE说，“我想不起来怎么会做那种事，怎么会喜欢上那种人。”失焦的双眼不停流着泪。

香织摩挲着她的后背，有时甚至搂着她录歌。她忘了如何去爱。KOE坦白，她回国后写的歌词，全是照搬摄影师在布鲁克林对她说过的情话。

“我其实知道我们为什么会失败。”

厚实的牛舌跟装柠檬的碟子一起上了桌，香织拿起切好的柠檬，微笑着往小碟里挤。

“我们？不是KOE的问题吗？”

泉没蘸柠檬汁，直接在烤网上放了两片牛舌，总感觉蘸了柠檬就吃不出别的味了。

“我们做得还不够。”

“那该怎么做？”

回国后的KOE，表演乏善可陈，她再也找不回声音里的魔力，录歌也总是迟到一小时以上。上个广播节目做宣传，也因为吃了过量抗抑郁药连话都说不利索。原本支持她的业内人士，也一个一个离她而去。

“我的看法是，艺人不能没有妈妈和爸爸。”

“妈妈和爸爸？”

“妈妈是能包容一切的人，爸爸是能严厉指正错误的人。少了谁都不行，必须二者兼备。”

“你的意思是，这个团队多的是妈妈，却没有爸爸？”

“我自认是当着爸爸的角色，结果却没能保护她。何况KOE连亲生父亲也没有。”

泉有些不自在，扭头看向店里。啤酒快见底了，他想再叫一扎，店员却都围在收银台前谈笑。

专辑的上市销量还算不错，可惜没有后劲儿，只是KOE网红时期的粉丝在买。出道演唱会最后返场时，她宣布今后无限期暂停活动。

直到最后都在拼命劝KOE继续音乐的不是别人，正是香织。这跟她在涩谷酒店那晚不加劝阻的样子判若两人。

泉注视着香织默默地把厚切的红肉放上炭炉，忽然想起她在出租车上望向窗外的侧脸。淡紫色的天幕下，灰色的东京塔孑然耸立。

"没有爸爸，有这么大影响？"

"什么？"

"你之前说过，KOE没有爸爸。"

"是啊。"

"那照你的意思，如果KOE有爸爸，就不会像现在这样了？她就不会迷上那种男人，把一切都毁了？"

泉自知这话听着像找碴儿，却管不住嘴。香织凝视着红通通的炭火，继续往上放红肉。

"我认为不能说毫无关系。而且KOE看上的那人，年纪几乎可以当她爸爸了。"

"可这不会太肤浅吗？难道父母不尽责或者不在身边，小孩儿长大就一定有缺陷？"

炭炉上转眼就飘出了焦臭。泉拿起夹子，草草给炉上冒烟的肉块翻了个面。

"我没这意思，只是说确实会有一定影响。"

晚了一步，肉全都焦了。

"我也一样，我也没爸。"泉把冒烟的肉移到烤网边上，黑色的肉块滴着油脂，"生下来就没有，长相名字都不知道。"

"对不起……我没想冒犯你。"

"我知道。"

不只是爸爸，泉连祖父也没见过。

种种不幸叠加在一起，最终百合子决定独自生下孩子。"我以前完全是个乖乖女，所以他们才更不能原谅我吧。"直到最后，百合子的爸爸也没来医院。只有妈妈来过一次，但生完孩子不久就疏远了。

泉小学毕业那晚，母子二人去了附近的家庭餐馆庆祝。就是那时候，百合子讲起了独自生养的来龙去脉。“我从小就这么固执。”母亲笑道，“对了，你的名字是我住院时候起的。无论是男是女，我都希望以泉涌般的喜悦祝福你。”

每个纪念日，百合子都会告诉泉一段从前的记忆。

香织把薄切的霜降牛肉放到金属网上，像是以此掩盖沉默的间隙。火苗瞬间高涨，冒出股股青烟。伴着油脂在炭火上噼里啪啦的灼烧声，她轻声说道：

“我绝不是说没有父母的孩子就不好，这不是孩子能选择的。而且，起码 KOE 就是因为那种成长环境，才萌生了音乐才华。”

“不排除即便双亲都在，KOE 照样能写出动人的歌词。”

泉一口气喝光啤酒，又转头找起店员。可是整层楼都没有服务员的身影。他不禁咋舌，刚才明明还有那么多。

“的确有可能。不过也不能否认，有些歌词确实源于她内心的空虚。”

香织凝视着炭炉上被火焰包围的肉片，继续说道。

“父母给孩子的影响……是极其深远的。我正是因为体会到了父母的支配力有多强，才一直在思考怎么样才能摆脱。后来我突然就想通了——并不是非得有血缘关系的人，才能当作父母。我爸妈虽然没离婚，却几乎称不上是夫妻，也没尽到做父母的责任。反倒是从我幼儿园起就在教我跳芭蕾的老师，教会了我怎么活得像个人。等我长大后明白了这个道理，我就再也不拘泥于血缘捆绑的原生家庭了。而且有时候正是因为没有血缘关系，才更可以相互弥补。所以要是没有亲生父亲，就该有别人充当这个角色。我本来就是想为KOE充当这个角色。”

香织一口气说完，夹起两三片已开始发焦的肉片塞进嘴里。泉看着她扬起下巴用力咀嚼的模样，顿时意识到自己的怒气多么愚蠢。

“怎么了，泉先生？你突然笑什么？”

听到香织这么说，泉才意识到自己在笑。

“没什么。”泉重新在炭炉上摆上肉，想掩饰突如其来的笑意，“要盛饭吗？”

香织淡褐色的瞳孔凝视着泉，末了笑着答道：“来一大碗！”

这是进烤肉店后，她露出的第一个笑脸。

3

玄关的关门声把他吵醒了。

泉从床上坐起来，纯白的亚麻布裹成一团，就像打发的奶油。身边的床单，早已没了体温。他略略伸了个懒腰，不经意瞥到一旁散落的书和CD。

香织让他腾腾书架，好放儿童绘本。泉从昨晚开始收拾，可每样东西都唤起回忆，忍不住再翻，导致进度缓慢。现在都是用手机和电脑听音乐了，CD机早就没了用武之地，而且这些CD里的歌网上几乎都有，所以留着光盘也是多余。可是，这些CD和他听歌时的记忆紧紧相连，真说要扔又舍不得。

泉走过铺着焦褐色地板的走廊，进了起居室。这栋公寓是为家庭设计的，每个房间都很宽敞。然而屋里的沙发和电视是泉独居时用的，所以显得特别袖珍，略微不协调。买这间公寓时泉和香织讨论了很久，这是充分考虑“设想中的未来”后做的选择。

两个月前，泉得知香织怀了孕。他们已结婚两年，有孩子也很自然。不过事到临头，泉还是乱了阵脚。生孩子就意味着要当爸爸了，这一点他到现在还是没法消化。

窗外飘着薄薄的乌云，北风不时摇晃着窗户。房间里很暖和，应该是香织开了地暖。泉光着脚，热量从脚心处缓缓蔓延。

大号的餐桌上，堆着三大板巧克力。又是一大早就吃这种东西。这几周，香织的孕吐明显好转了，可与此同时，她却开始疯狂吃巧克力。

“会不会吃太多了？当然还是比什么都吃不下要好。”

说完泉又讲了某位前辈孕期吃得太胖，结果难产的经历。据说是因为肚子里的宝宝也跟着变胖了。

“我当然知道。”香织左手在肚子上画着圆，另一手拿着红色包装的巧克力，“可是怎么都忍不住，没法形容，已经不单是食欲问题了。”

“可是光盯着巧克力吃，对身体也不太好吧？”

“从前我倒常听说怀孕会想吃酸的，像是柠檬啦，葡萄柚啦。”

“起码富含维生素C，感觉比较健康。”

“不过我周围的孕妇就没几个迷上健康食品的，你看我那些朋友，都喜欢什么炸薯片、可乐，还有冰激凌。”

“不会吧？全是垃圾食品。”

“也不知道为什么。平时明明不爱吃这些的，偏偏怀上了就想吃。”

香织边说边咬下一口巧克力。她毫不在意切割整齐的长方形小块，就像故意破坏“阵形”似的，直接咬出一个圆形齿印。

“说不定这是你内心深处真正想吃的东西。”泉卷起睡衣袖口走进厨房，“我泡个咖啡，你要吗？”

“不了，谢谢，最近我闻到咖啡味儿就恶心。”

“巧克力成瘾却讨厌咖啡，感觉好矛盾啊。”

“抱歉啦。”

在这之后，泉喝咖啡就尽量避开香织。趁电热水壶烧水的空当，他用电动磨豆机咯吱咯吱地磨起了从冰箱里掏出来的咖啡豆。这是后辈出差去西雅图参加活动时买给他的，口感偏酸，一直没什么机会喝。

平时早饭都是吐司和换着花样做的鸡蛋，再配上蔬菜沙拉或者果汁。泉和香织谁起得早就谁做，这是二人间的默契。

和百合子一起生活时，早饭总是白米饭，配菜是鱼或者玉子烧，还有腌菜。百合子要兼顾工作和家务，总是忙得不可开交，有时工作日就直接买超市的寿司拼盘或者熟食当晚饭。泉其实很期待母亲偶尔买回来的“现成菜”，不过听香织说，二人刚结婚时百合子曾提起这事，表示作为母亲始终感到愧疚。

泉想起堆在电饭煲旁的三大袋吐司。没想到母亲也吃起了吐司，不知这是泉搬出去后多久开始的。泉坐到饭厅的座椅上，盘子里是半熟的煎蛋，他戳开蛋黄一口解决，然后吃着烤吐司喝起咖啡。

“纽约来的大提琴家到日本了，明天我得早起去采访。”

或许是久违的咖啡因终于激活了大脑，泉想起昨晚入睡前香织的交代，以及后面那句“宝宝的事该跟妈说了”。香织怀孕就要四个月了，这事不知怎么的就一直拖到现在。

往窗外一瞥，外面正在下雪。都三月了还下雪，让人有些郁闷。他们住九楼，从房间能俯瞰楼下的大公园。茂密的绿林里，洁白的雪花正竞相怒放。

泉冲了个滚烫的热水澡，暖暖和和地出了门。楼外的护栏上已积了雪，泉双手捧起一把，咯吱咯吱捏紧，做了个湿漉漉的雪球。他本是很喜欢雪的，可现在手里的冰冷让他有种不快。

寒意从指尖传到大脑的同时，泉想起来到了公司得写个道歉信。那部连续剧的主题歌，原曲是外国的，编剧跟他私交不错，让他帮忙联系版权，可是进展不顺。泉给美国的版权方发了无数邮件，对方却始终没有回音，三个月过去了，始终毫无进展。

无声叹息在眼前化作白雾，仿佛忧郁也有了实体。泉猛吸一大口冷空气，强打起精神继续走。过马路时他给母亲打了个电话，可是立刻就被切进了语音留言，泉什么也没说就挂了电话。

小时候，他常跟附近的朋友一起玩雪。每次一下雪，泉就会冲出家门直奔公园，先打上一两个小时的雪仗，完了再堆上好几个雪人。百合子请不了长假，泉也就几乎没机会出远门。不过下雪时街上就成了另一个世界，让他玩得不亦乐乎。

“有个朋友去秋田旅行，说在爸爸做的雪屋里喝了红豆年糕汤呢！”

泉直到现在也忘不了百合子当时的表情。他原本只是想表达对雪屋的向往，却提了“爸爸”这个词。他也隐隐感觉可能会伤到母亲，但还是试探着提了一嘴。虽说他早就习惯了憋着，但内心深处还是对父亲的事抱有好奇。

结果第二天泉醒过来，就见院子里堆起了一座小山。他穿着睡衣、踩上拖鞋就冲进了院子。“好厉害！谁做的！”“妈妈呀！”“我能进去吗？”“当然，不过要轻一点儿！”百合子花了一整晚，用积雪做了一个小小的雪屋，勉强够泉一个人钻进去，不过形状很漂亮，就像一个标准的半圆豆沙年糕。

泉高兴坏了，百合子又进厨房做起了红豆年糕汤。母亲点上火，不时轻咳几声。“妈妈没事吧？”泉担心地问了好几次。母亲一边回答“没事”，一边手里忙个不停。

泉在凉飕飕的雪屋里吃着红豆年糕汤，黏稠的红褐色汤里，盛着大块烤至焦黄的年糕。雪屋外面，百合子也鼻头通红地抱着碗。当天晚上，泉跟百合子双双发起高烧卧床不起。二人并排躺在被褥里，一起笑着说红豆年糕汤真好吃。

“是我不好。我不需要爸爸，有妈妈就够了。”

泉以为终于说出了心声，却只是烧迷糊时做的梦。等他再次醒来，百合子已独自在厨房里熬着粥。

大片雪花飘飘洒洒。

泉加快步伐。伴着心跳声，更多记忆随之复苏。

那是上小学之前的时候。有一天，百合子用自行车带着泉去了棒球场。多半是泉开始对棒球有兴趣了，所以百合子想带他看看实战。母亲载着他骑了几十分钟，来到一座海边的球场。结果因为周围没地方停车，母亲只得绕着球场一圈圈地骑。泉在后座久久地凝视着母亲汗湿的后背，骑过一圈半后，刺眼的灯光突然亮了起来，比赛开始了。看来打手一上场就打出了好球，球场爆发出怒吼般的欢呼。泉仰起头，欢呼声仿佛从天而降。

雪越下越大，泉后悔不该嫌麻烦把伞留在家里。他不想走路去电车车站，于是转上主干道拦出租。平时这条路上总能遇到好几辆空车，然而今天却都是满客。

泉感受着掌心的雪球缓缓融化，不禁想象起来：如果是男孩，自己会不会为他砌雪屋？会不会一起玩儿投接球？教他钓鱼？在宿营地生篝火？未来的某一天，又会不会陪他喝酒，听他聊工作上的烦恼？

“我预感是个男孩。”上周末上床熄灯后，他听到香织在一旁低喃。

“那我要开始练棒球了吗？”泉也同样轻声说道。

第二天，他心血来潮进了公司旁的体育用品店，却没想到手套有那么多样式，根本无从挑选，最后只好逃也似的出了店门。

“真是的，让我去收拾烂摊子。”

谷尻一边吃着小巧容器里的沙拉一边说道。这个人又黑又壮，声音也粗。

泉往沙拉里加了不少芝麻酱：

“有吗？挺有意思的吧，您不就擅长打造新人吗？”

“醒醒，时代早就变了。”

“倒也是。而且我们合同太苛刻，新人根本不愿意签我们，结果只能去买别家已经捧红过的艺人。”

泉的视线从沙拉转向谷尻，只见他正不耐烦地用纸巾擦着额头的汗。这家店的空调总是开得过猛，夏天太冷，冬天又太热。

“现在的艺人有的是办法自我推销，根本没必要签大牌唱片公司。”

“您都这么说，可见完蛋了。”

直到几年前，泉和谷尻还在同一个工作室。那里旗下艺人众多，从畅销歌不断的流行乐队，到名扬海外的电声组合，涵盖甚广。谷尻既当总监又干董事，制作手腕堪称一流，只可惜没有经营才能。后来工作室上下陷入经营困境，他也被调走，如今在干发掘新人的活儿。谷尻言辞粗鲁，又是无赖派[1]，所以在公司里树敌众多。不过对泉而言，但凡工作上的事，从怎么和艺人打交道，到业内人士间的往来，几乎全都是跟谷尻学的。所以当他接到谷尻突如其来的邀请：“我正在市谷，下雪会议取消了，出来吃个饭？”泉立刻就冲出公司，赶到了附近的西餐厅。

“再说了，连续剧和电影的制作人也根本看不上新人。”

谷尻捏起叉子叉着碗里的沙拉，粗壮手指衬托得叉子格外袖珍。生菜干瘪瘪的没有水气，也不知道在冰箱里放了多久。

“那些人根本就不听音乐，这辈子就只知道九十年代的流行乐队。”

店里的米饭是用盘子盛的，配了碗味噌汤，泉边说边把碗挪到一边。

“葛西，你还是不喝味噌汤啊？”谷尻注意到他的动作，嚼着玻璃杯里剩余的冰块笑道。

“不好意思。”

“也没什么，不过我真没见过讨厌味噌的，就你口味怪。”

“我实在是喝不惯——”

---

1. 无赖派，日本战后文学流派，反俗、反权威、反道德，代表人物有太宰治、坂口安吾等。这里是指谷尻行事风格与这些作家相近。

沉甸甸的铁板摆上桌，打断了二人的对话，带着烤痕的牛肉饼滋滋地溅着油。

“电视节目还是经纪公司一手遮天？”

“也就比从前好些，还是老样子。不过哪怕硬捧，自身没实力的也很快就过气了。”

谷尻一边皱眉感叹着业界一如既往，一边在脖子上系好纸围裙。泉有样学样，回了句“本来就没什么可变的”。谷尻的下巴上堆了好几层厚褶，他高中时候玩过橄榄球，还参加过全国大赛，那时他的脖子布满肌肉，粗壮如树干。

“最近在捧谁？”

“ONGAKU吧。”

“哦，好像是要来我们这儿。其实他们在独立厂牌[1]已经卖得挺好了。”

“据说是因为这边有好几个他们喜欢的艺人。”

“这年头还有人向往大厂啊。”

“计划是想争取小见山先生给连续剧新写的主题歌。”

“小见山啊，你跟他交情不错吧？他还在打麻将？”

谷尻勾起手腕做了个翻牌的动作，刀也不用，直接拿叉子切开牛肉饼往嘴里送。

“都多少年前的事了，现在怎么说也戒了。”

这次泉没学他，而是用上了筷子。烤肉的香味刺激着食欲。

“谁负责？”

“田名部。”

1. 厂牌，即负责音乐唱片、视频的制作、营销的品牌或公司。

“哦，那个很有风情的。”

“您认识她？”

“她不是在跟你们那边的大泽部长交往吗？”

“什么？真的假的？”

泉没控制住音量，连忙看向周围。大白天却光线昏暗的店里排着纯色木桌，仔细看才发现每桌都坐了人，不过没看到同事。

“你不知道啊？我都是半年前听说的了。”

“难怪大泽部长这么照顾田名部。”

泉嘀咕着，一边在牛肉饼上均匀地抹萝卜泥。他向来不关心公司里的绯闻，这种事总是最后一个才知道。

“这样啊，大泽果然耿直。”谷尻哑着嗓子笑了。

“不都这样吗？”

“哪有，正相反吧？要是公司里有闲话，我反而会冷着脸，或者把人调走。我才懒得关照。”

“您还是这么没心肠。”

“请说我正直。哟，你的女强人老婆来了。”

泉转过头，正见香织开门走进来冲他挥手，一旁的女同事是同期进公司的会计。香织逆光站在玻璃门前，看不清表情，却能分辨出肚子微微隆起的轮廓。香织认出泉对面坐的是古尻，对他鞠了一躬。

“你也……马上要当爸爸了啊？”

谷尻举着叉子扬了扬，看着香织对泉说道。谷尻自从十年前离了婚至今单身，孩子则是跟前妻一起生活。每次喝酒他都会说，赡养费是一定要给的，所以打死也不能被炒鱿鱼。

“再过五个月吧。虽然感觉还像是做梦。”

“放心吧，你应该没问题。”

谁知道呢？泉心里嘀咕着。话说自己为什么“没问题”？他虽然想知道答案，却意识到这个问题毫无意义，只好用筷子掬起平盘上开始变干的米饭送进嘴里。

降雪的夜里，万籁俱寂，仿佛身处空城，让人惶惶不安。寂静之中，茕茕孑立。其他人也会有这种感觉吗？还是说，只有自己如此？

泉打开餐桌上的笔记本电脑，回复着堆积如山的邮件，转眼已是深夜。刚结婚时夫妻俩都会在家加班，不过怀孕之后香织改成了零点前睡觉。“怎么睡都睡不够，是不是因为要睡两人份啊？”泉看着她的笑脸，似乎体会到些许孩子带来的幸福。

泉用力伸了个懒腰，看向时钟。耳边忽然响起木然的震颤声，原来是手机震动通过餐桌传导过来。他连忙拿起手机，屏幕上写着“葛西百合子”，是母亲打来的。

“喂，妈。”

“泉？抱歉啊，你给我打过电话？”

“是啊……都这么晚了。”

“晚吗？现在几点啊？”

“一点半。”

手机对面同样寂静无声。泉眼前浮现出那个放着三角钢琴的起居室，母亲正拿着不太会用的手机贴在耳边。

“抱歉，泉。”耳边传来百合子沙哑的声音，“睡了吗？”

“还在工作。”

“别太拼啊。”

“妈才是，这么晚还不睡？”

“偶尔会醒嘛。我突然想起来有你电话……有什么事吗？”

就算要问，干吗非挑这时候？明早打不就好了？对母亲的责难险些破口而出，不过最后关头还是忍住了。

“是啊，有件事想跟你说。”

“什么事？”

泉一顿，瞬间犹豫该不该现在告诉她。

“我有……孩子了。”

“孩子？”

“我和香织的……宝宝。”

“哎呀……恭喜啊！预产期是什么时候？”

百合子听起来有些激动。

“八月，不出意外的话。”

“太好了。香织身体怎么样？”

“嗯，健康得不行。”

“太好了。泉，真是恭喜你啊！”

手机里传来百合子啪啪的鼓掌声。

“对了，预产期……是啥时候来着？”“刚说了是八月啊。”“唉，是啊，转眼就要到了，得准备起来了啊。”总算说出口了。泉听着母亲的声音，终于放下心中的重担。

刚知道泉和香织的婚事时，百合子一时没有吭声。泉以为她是不放心儿子找的对象，赶紧介绍说是公司同事，可母亲依然一言不发。泉为了缓解尴尬，只好一个劲儿形容香织的性格、长相，结果母亲却忽然哑着嗓子开了口：“你这也……太突然了。”泉摸不着头脑，正想问她怎么了，百合子却抽泣起来。“才刚要开始啊，”母亲抽噎着说道，“之前光是养活这个家就很难了，现在眼看着安定下来，终于能去旅游、吃好吃的了，能像母子一样过日子了啊！”

泉本以为会得到祝福，不料母亲却像孩子一样闹起了脾气，让他无言以对。不过几周之后，当他在市中心的餐厅里为百合子介绍香织时，母亲却兴高采烈地讲起了泉小时候的糗事。“这孩子发脾气多半就是肚子饿了，什么都行，总之先喂饱就好。”母亲笑意盈盈，跟香织一团和气。

这都是三年前的事了。当时泉出于歉意，送了百合子一只瑞士产的手表。从泉记事起，母亲手腕上的表就没换过。

泉看向墙上的钟，已过了凌晨两点。母亲从妇产科医生一路聊到婴儿服、断奶食品，怎么哄睡，话题一个接一个，还时不时想起来插一句：“泉，恭喜啊。”泉听着电话里嘶哑的声音，突然有种母亲即将离他远去的预感——就跟“那时候”一样。

4

掌声被吸入木材构架的天花板。

余音散尽后，大提琴家开始独奏，是巴赫的《第一号无伴奏大提琴组曲》。

聚光灯照亮了身着晚礼服的高大身躯，台下观众座无虚席，所有目光都集中在一处。大提琴家背靠巨大的风琴，站在宽敞的舞台中央，合上眼睛，滑动弓弦。

叠歌响起，似有隐隐哀伤。大提琴音色深沉，却也有种无远弗届的穿透力。有人说，大提琴和男性嗓音属同一音域，音色好似人在言语。的确，在演奏厅里一听，真的仿佛演奏者在歌唱。

“大提琴很厚重，容易给人暗沉的感觉。”早饭的时候，香织一边啃着巧克力一边评论起那位大提琴家，“不过，他的演奏却明快悠然。他技巧太好，所以看上去像是率性而为。但其实本人非常知性，总谱也是烂熟于心。”

仅仅三个小节，泉就瞥见邻座的百合子掏出了手帕，扶起眼镜按向左右眼角。“最近总是动不动就掉眼泪。”这是乘出租车来演奏会场的路上，百合子聊起爱看的电视连续剧时说的。母亲的眼泪，即便是住在一起的那些年里，泉也几乎没见过。

刚上小学时，泉交了个一起放学回家的朋友，名叫三浦，跟他是同学。临近寒假的某天，泉放学后去了三浦家玩。因为三浦爸妈都有工作，白天家里没人，泉和三浦同为“钥匙儿童”自然格外亲近，于是傍晚时间泉就常待在三浦家。

那天他也像平常一样去了三浦家。两人看完电视上的动画片，又玩起了卡片游戏，不知不觉间，夕阳透过窗户洒进房间，起居室里到处乱扔的玩具和衣物被镀上了一片橙光。

“饿了……”

三浦眯起眼睛看向窗外，可是光线太强，什么也看不见。

“嗯……我也是。”泉附和道。

三浦黝黑的脸绽放出灿烂的笑容，提议道：“咱们去买零食吧。”

“可我没带钱。”

“放心吧，我知道妈妈的钱藏在哪儿。”

三浦走进厨房，粗鲁地拉开碗柜最右边的抽屉。大堆电费和燃气费的收据就像在打掩护一般，最下面有两张一千和一张五千日元的大钞，还散放着好些硬币。

“别客气，随便拿。”三浦一只手攥着千元纸钞说道。

“这怎么行？”

“别磨叽。”

“我就算了。”

泉知道这是错的。他知道有一种人叫“小偷”，也知道有个词叫“偷盗”。

“那就绝交！”三浦猛然大吼起来，“赶紧拿！我说没事就没事！”

泉迫于他的气势，慌忙把手伸进了抽屉。最后他拿了一枚五百日元的硬币塞进裤兜，大腿立刻感受到了金属的凉意。三浦打开门，刺目的光线射进眼睛，泉逃也似的冲下了楼梯。

两人来到附近的超市，三浦毫不犹豫直奔零食区。泉追在三浦身后，在各色零食鲜艳的包装簇拥下看他东挑西选。三浦穿着深蓝色毛衣，胳肢窝附近破了一个玻璃球大小的洞。

三浦选了巧克力棒、可乐软糖、压片糖放进购物篮，笑着让泉也随便选。泉盯向大颗的草莓牛奶糖。白色糖纸上，画着深红色的草莓图案。这是他最喜欢的糖。泉战战兢兢地伸手拿起一个，去结了账。

泉把找零的几枚百元和十元硬币塞到口袋里。结果到最后，泉在三浦家也没吃上糖。两个人一起吃了三浦买的巧克力棒，可是完全不好吃，只有黏稠的口感留在嘴里久久不散。而坐在旁边的三浦边看电视边吃，看起来也像在嚼蜡。

泉把草莓牛奶糖带回了家。“这是哪儿来的？”百合子回家后问道。见泉不说话，她放下手里在洗的盘子，厉声让泉老实交代。泉哭哭啼啼摸出兜里的硬币放到桌上，坦白了错误。

百合子领着他去三浦家还钱和糖果。那时天早就暗了，三浦还是一个人在家。百合子道过歉，把糖和五百元硬币交给三浦。三浦一脸寂寞地看着泉，收下东西，笑着说了句：“明天再来玩啊。”

回去的路上，泉和母亲并排走在夜幕下。泉想跟她道歉，却一直想不好该怎么说。从三浦家出来后，百合子也始终一言不发。她还在生气吗？泉不安地抬起头，却发现母亲正无声地掉着眼泪，手背一下一下抹着眼角。

这是泉第一次看到母亲流泪，抹着眼泪的母亲就像变了个人，泉心里害怕起来。那感觉就像硬壳被剥开，某种柔软的东西从里面往外溢。“对不起。”泉颤着声音说道。母亲伸出素白的手摸了摸他的头。直到现在，每次吃草莓牛奶糖，香甜的气味都会让他想起当时的触感。

幕间休息了两次，《无伴奏组曲》终于演奏到了第六号。大提琴家完成最后一个小节，终于站起身，仿佛结束了漫长战斗的战士，露出大汗淋漓的笑脸。

观众席上的掌声经久不息，大提琴家一而再、再而三返场鞠躬。泉看向邻座的母亲，百合子任由眼泪流淌，只顾着不停鼓掌。

“妈，还满意吗？”

离开会场后，只见身穿西服的香织正在大堂等泉和百合子。

她知道百合子喜欢巴赫，所以大约一周前就请了她来听演奏会。

“太精彩了！功底非常扎实，又能进退自如。”百合子用手帕擦着湿漉漉的眼睛，有些害臊地笑了，“香织，太谢谢你了。”

“妈喜欢就好。”

“我们正要去吃饭，你一起来吗？”泉问道。香织回答说接下来还有签名会，她不能离场。

“那结束后再跟你联系。”

“好，我们等你。”

香织向百合子点点头，快步返回了商品售卖区。泉看着香织脚上穿的平底皮鞋，有些担心她的身体。一连好几天配合大提琴家的来日活动，连只是旁观的他也知道妻子忙得多么不可开交。采访的接待三天前已经开始，演奏会的彩排也必须到场，还有CD的场贩准备……直到昨天深夜，她还不忘打电话向经纪人确认大提琴家的身体状态。

“保重身体啊。”泉嘱咐道。

“确实有些累人，不过是最后的大项目了。”香织苦笑道。

泉和百合子来到外面，一行高架横跨天空。一个稍大的岔路处，弯曲的混凝土仿佛巨人的臂膀。二人在高楼大厦间走了一会儿，便进了一家热闹的小餐馆。母子俩但凡在外就餐一定会吃西餐。也许是因为从前多是有事要庆祝，所以总会选家庭餐馆或西餐馆，而这个习惯就一直留到了现在。

“钢琴班最近怎么样？”

入座后，泉点了啤酒，又帮百合子要了矿泉水。在泉小时候，学琴的学生就没怎么断过，家里总是能听到钢琴声。楼下传来的旋律似乎在说：百合子不是只属于泉一个人的。

“没多少学生了。”百合子很少来这种嘈杂的餐馆，似乎有些不习惯，边说边一个劲儿到处张望。

“怎么了？”

“体力不行了，一天教一两个都累得很。”

“那就别教了，反正有养老金，我也可以多寄些生活费。”

“不找些事做……感觉人就会废了。”

泉不知道该怎么回。就像机器或者玩具一样，人也会报废。泉看着母亲交叠起的手，仿佛想借此隐藏手上的皱纹。

还好啤酒和矿泉水上了桌。泉连忙打开菜单，随便点上几样顺眼的菜，有番茄芝士沙拉、凉拌章鱼刺身、彩色蔬菜杂烩，还有香肠拼盘。“想吃什么别客气。”“你点就行。”

“而且学生还是很可爱的，比如小美久。”

“小美久？”

“来学琴的小朋友，现在正在练《梦幻曲》，不过老是卡在第二小节，‘Fa’和‘Re’弹得太急了。”百合子垂下头，手指在方格纹桌布上咚咚跳动。

“之前，”泉小啜一口啤酒继续说道，“你不是半夜给我打过电话吗？”

百合子就像刚从梦里醒来似的看着泉：“抱歉啊，那么晚打给你。”

“这倒没什么，反正我也在工作。不过，你是睡不着吗？”

那之后泉一直很在意，母亲原本睡眠很好。

“嗯，偶尔会不困。不过我平时睡得很好，今天都睡到过午才醒呢。”百合子咯咯笑着，伸手在面前摆了摆。

“那就好。不过我还是有些担心，你要多保重身体。”

“是呢，我会注意的，毕竟这把年纪了。”

“当然了。”

“但你不用担心。”

“怎么说？”

“最近，我状态很好。”

“发生了什么吗？”

“我喝了好东西。”百合子满脸自信，笔直地看着泉。

“该不会是什么奇怪的东西吧？”泉也直视回去，只见母亲的眼珠在微微颤动。

“怎么会？是有科学依据的。”

耳边传来汽车驶过的隆隆声，小餐馆正上方的高速公路仿佛在嘎吱摇晃。百合子喝了口水，悠悠讲起那天的经历。

上上个月，一位身穿白西服的中年妇女找上门来。

“我们在调查这片区的自来水，能请您做个问卷吗？”

白衣妇女微笑着站在百合子家门口。一名穿深蓝夹克的男青年跟在身后，一手拿着便条。据她介绍，青年是一起来实习的。二人给人印象不错，百合子就让他们进了门。

白衣妇女和男青年并排坐在餐桌前，百合子也坐下来答起了问卷。问题都很简单，像是日常饮食、睡眠、健康状况、服用的药物等。百合子一一写下答案。妇女夸她字写得好看，又是一个微笑，那脸庞细嫩白皙，双颊不失弹性。

白衣妇女见百合子写完问卷，接着问道：“您知道哪些市县的自来水最脏吗？”

“我猜是东京或者大阪？”百合子答道。

男青年在一旁不停做着笔记，他非常瘦削，深蓝夹克显得又肥又大。

“那相反，水质最好的是哪里呢？”

“像是新潟……或者北海道吧？”

“您知道好的水质有益于美容和长寿吗？”

白衣妇女也不揭晓正确答案，只是取出厚厚的文件夹。

翻开文件夹，有举例说明氢有益于健康的新闻报道，有某著名棒球手爱喝富氢水的杂志专栏，有某女演员喝富氢水成功减肥的时尚杂志特辑……统统被整齐裁剪下来装订成册。

“我也瘦了不少呢。”白衣妇女翻着文件夹继续说道，“用富氢水做菜，食材会变得更好吃，既能抑制食物热量又不会吃得过饱，而且能溶解身体里堆积的脂肪，很适合减肥。”

不感冒了，肩膀也不酸了，皱纹也减少了，还可以用来卸妆……白衣妇女滔滔不绝地介绍着富氢水的功效，末了合上文件夹微微一笑。

“不好意思……我太激动了，很像是搞推销的吧？”

“哪里哪里，怎么会……”

百合子连忙摇头。男青年依然埋着头不停记笔记，午后的饭厅里，唯有笔在纸上游走的沙沙声响个不停。

“要不要试一下？”

白衣妇女话音刚落，笔记声戛然而止。男青年从大公文包里取出一个形似咖啡机的机器，接着妇女从提包里拿出一只装矿泉水的塑料瓶，把水倒进机器的透明罐身，按下开关。眼看着罐里就出现了大量气泡，水变得白浊起来。感觉就像做理科实验一样，看得百合子有些期待。大概三分钟后，白衣妇女关掉机器，把生成的水倒进塑料杯。

“请跟您家的水比较着喝一下。”

百合子照白衣妇女的吩咐，用玻璃杯接回一杯净水器里的饮用水，和刚刚做好的富氢水比较着尝了尝。

“是不是更好喝？”妇女问道。百合子点点头，确实富氢水好像更润滑，而且有些回甘。

“这是前几天报纸刚登的报道。”妇女说着拿出了另一本文件夹，放在桌上摊开，连一旁的男青年似乎也没有看过，边偷瞥边做着笔记，“里面介绍的是某知名医学院教授做的研究。通过对小白鼠进行的科学实验，他证明了饮用富氢水能有效抑制大脑老化。”

说完，白衣妇女露出了当天的第三个微笑。

“太假了！”泉一口气喝光红葡萄酒说道，“还专门准备了那种剪报带上门。”

桌上还剩了些没吃完的嫩煎猪肉。

“妈，你是不是上当了？”

“怎么会？我的身体也确实变好了。”

“什么能抑制食物热量，到底有什么依据？”

“我真的瘦了些，最近也没感冒——”

“光是调查个自来水还要进人家门，已经够可疑的了。”

“可是我试喝比较过……”

“绝对有问题！”

泉没好气地打断了百合子。一想到母亲说不定被骗了，他就咽不下这口气。百合子从来就是老好人，经常因为不好意思拒绝，花冤枉钱买下熟人推销的炊具锅具，或是在学校接下家长会的麻烦事。每次泉都会想：妈妈又“吃亏了”。她干吗总是去演这种吃力不讨好的角色？就不能活得精明些吗？起码他不希望母亲自讨倒霉。

“至少妈身体变好了，很值啊。”香织看下不去，插嘴打起了圆场。她进餐馆时百合子正在解释富氢水，于是她就坐在一旁听了来龙去脉：“泉，你有点儿喝多了。”

“那种东西怎么会有效果？”

“心诚则灵嘛，不是常说什么安慰剂效果吗？”

“安慰剂这种东西，太玄了。”

“不管怎么说，有效果就行嘛。”

等泉回过神来，母亲又在用手帕按着眼角，嘶哑地道起歉：“对不起……让你担心了。还有香织，真对不起啊。可我的身体是真的变好了，也不感冒了，膝盖也不痛了。所以，能让我继续喝吗？”

泉看着泪眼汪汪的母亲，不知说什么好，一时沉默不语。香织冲他使眼色，让他赶紧换个话题。店里流淌着欢快的爵士乐，就像在助兴，泉换了个略显快活的语调。

“对了妈，之前电话里不是说了吗？”

“啊？电话？”

“你大半夜打的啊。”

“啊，对，是打过。”

“当时不是说到小宝宝吗？”

“咦？什么小宝宝？”

“真是的，之前不是跟你说过吗？我们有小宝宝了。”

百合子露出困惑的笑容。不知她是假装忘了，还是没做好心理准备。香织一脸责难地看着泉：“泉，你没跟妈说吗？”

“当然说了，”泉边安抚香织边看着百合子，“妈，别开玩笑了。”

“这样啊……这么说好像是有点儿印象。香织，泉，恭喜啊！”

百合子笑容满面地拍起手，香织屏息凝视着母亲。泉听着有些干巴巴的掌声，突然想起冰雪在掌心融化的寒意。

5

“一句‘忘了’就能算了吗！”

刚走出会议室，部长大泽就一声怒斥，气得双眼通红。大泽经常有电视台或者经纪公司的饭局，夜里很晚才回家，所以每次上午开会都像吃了火药。从他身后传来田名部略带鼻音的辩解：“都说了不是忘了。”

田名部穿着黑色喇叭裙和漆皮高跟鞋，棕色的卷发用头花扎成一束，高领毛衣清晰勾勒出凹凸有致的身体曲线。其他员工都是连帽衫配牛仔裤，这样一来更加彰显了她的女人味。

“少找借口！”大泽头也不回，恶狠狠地训斥道。

“可是，当时开会我又不在场。”

“会议记录是干吗用的？你不会自己看吗！”

“对不起，这事怪我没好好传达下去。”泉忍不住插嘴道。他并不想自讨苦吃，只是这样下去会没完没了。

“葛西，包庇部下没好处，只会让她自我感觉良好。”

泉意识到再说什么也只有反效果，就不再多话。

合作撞车了。ONGAKU是他们斥巨资从独立厂牌挖过来的新秀乐队，作为公司力捧的艺人，整个团队都在拼尽全力推广他们的大厂牌出道曲。在大规模造势之下，和泉私交甚笃的大牌剧本家小见山看中了ONGAKU，敲定让他们演唱连续剧的主题歌。然而田名部并不知情，结果在同某大牌电影公司接触时，签下了贺岁电影主题歌的合约。“有个英语歌的机会，我力推ONGAKU，结果谈成了！”会议快结束时，田名部得意扬扬的好消息给所有人泼了桶冷水。

“田名部，赶紧去道歉。”

田名部迫于大泽淫威不再争辩，不过一双眼睛却在说：“我没错。”

“我给影片方发了邮件，立刻就收到了回信……”

“怎么说？”

“他们只跟管事的谈，要找部长。”

“你别以为总有人惯着你！”

大泽怒喝的同时，尽头排练室的门开了，一群小巧玲珑的少女脖子上挂着毛巾，像蚂蚁一般涌出来，挨个道着：“早上好。”少女们大汗淋漓，妆也没化，根本看不出是让东京巨蛋座无虚席的当红偶像。

“就不能两边兼顾吗……”

旁边始终一言不发的新人永井嘀咕了一声。他头戴印有滑板潮牌的针织帽，从肥大的连帽衫衣兜里摸出手机摆弄起来。

“大泽部长，我去找小见山老师谈谈，”这是目前唯一的办法，“也跟电视台的制作人商量一下。”

“我就是这个意思。”永井在一旁点头附和，眼睛始终盯着手机。说起来，不知他负责的MV进展如何。听说制作公司给的估价超了预算，可是也没听他商量怎么想办法弥补。永井找来的导演创造性很强，拍出的东西颇具水准，不过制作费总是超标。下周就要拍摄了，他到底打算怎么解决？一想到永井可能只是盲目乐观，泉就郁闷起来。大泽瞪完田名部，把视线移向了泉。

“你看能摆平吗？”

“得谈过才知道。如果能跟电影错开档期，就有希望。”

“要是电影和连续剧都能上就好了。”

“可能性不是没有。”

“那就交给你了。”

“我只听好消息”是大泽的口头禅。他总是好处留给自己，麻烦事推给部下。不过虽说缺乏人望，倒也没捅大娄子，结果竟然就一路晋升。还在同个厂牌时，前辈谷尻经常说：“我们公司啊，‘胸无大志’的人反而能生存下来。”

“葛西先生，麻烦你了。我也一起去。”

田名部表示完歉意，又问什么时候安排为好。

“总之越快越好吧，我也要先跟对方确认。明天如何？虽然是周六。”

“我没问题。”

“好，那你留好时间。”

田名部笑着鞠躬道谢，背起名牌单肩包进了电梯。泉本来周末是要去百合子家的，这下只得延后了。他的眼前忽然浮现出母亲在寒空下荡着秋千的身影，不知道她的身上发生了什么。

“不好意思啊，泉，最近忘性大，后来我想起来了。”那天夜里离开小餐馆时，百合子这样说道，“我还惦记着今天要问问是男孩还是女孩呢。”

泉原本打算定时去看百合子，可最终还是优先选择了眼前的工作。日常琐碎的杂务，轻易就把母亲的事推后了。

“唉，真希望他们要吵就去床上吵。”

泉正在小便，永井单手拿着手机站到他旁边，边方便边一手飞快地按着屏幕。

“哦，你也知道？”

“还什么知道不知道呢，大泽部长和田名部，半年前就好上了。”

“我是最近才听说……”

“你消息也太不灵通了。”永井笑着把手机放进兜里，走向洗手台，“基本没人不知道了。”

“大家都很敏锐啊。”

“是泉先生太迟钝。你看他俩总是同天带薪休假，聚餐也是一起偷溜，简直明目张胆。明明可以更低调点儿。”

这么一说还真是。泉也来到洗手台前，隔壁女厕传来少女们妖艳的娇声，跟刚才礼貌问候时判若两人。

“不过我是受够了。”

“受够什么？”

“假装不知道啊，可是很费神的。大泽部长就不说了，连我们都要奉承田名部。为什么偏偏这种事儿，唯独当事人以为别人都不知道？刚才的吵架也是，我看根本是打情骂俏。”

永井对着镜子边整理针织帽边高谈阔论。每次开会他都几乎一言不发，可一进酒馆或厕所就开始滔滔不绝。而且他也不是要讲给谁听，更像在自言自语。

“大家都很体贴啊，看破不说破。”

泉按下洗手液泵头，液体肥皂变成泡沫被挤压出来。

“哪有，找乐子而已。”

“找乐子？”

“大家只是站在安全距离外观察他们取乐。故意不拆穿，好在背地里看笑话。不过我不是这种人。”

泉看着永井严肃的神情，回忆起同事们的一脸坏笑。每当大泽和田名部讨论合约，总有人使眼色。这种嘲笑让泉感到似曾相识。现在他想起来了，正是“那时候”母亲所遭受的嘲笑。

机械的轰鸣让他回过神来，永井正在用烘干机吹手。“我先走了。”永井摸出手机，边看边走出门去，厕所里只剩下泉。少女们的叫声再次响起，在瓷砖反射下显得格外刺耳，仿佛悲鸣。

拐过一个大弯，眼前是一片人工沙滩。周六的海边挤满了结束购物的游客，热闹非凡。今天可能有漫展，列车里不少cosplay[1]玩家戴着或蓝或橙的假发，默默抓着扶手。塑料座椅格外局促，泉感觉像在坐公园里的游戏道具。

今早香织听说他要出去工作，深深叹了口气。“你总是这样，什么事都一拖再拖。”香织看着电视上的新闻，毫不留情地说道。

1.cosplay，通过假发、服装、化妆等办法扮演成电影、动漫、游戏等作品中的角色。扮演角色的人，也称coser。

“我也没办法啊，捅了这么大的娄子。”泉拖到最后一刻才说计划有变，自己也有些心虚，不过还是辩解起来。香织关掉电视站起身：“你就是总觉得事不关己吧。你就不担心妈吗？别拿工作当借口，你好好想想。”香织一口气说完，把自己关进了卧室。

“泉先生人真好。”

身旁传来甜甜的声音。田名部刚还在往祖母绿笔记本上写行程，现在淡灰色的双瞳已在盯着泉。天气还很冷，她却穿着胸口大敞的薄款针织衫和紧身裙，让人忍不住看向她白皙的颈项。金粉色的项链垂在胸前，闪闪发光。

“田名部，你还在用纸质的笔记本啊？”

泉不动声色地把视线移向祖母绿色的封面。

“是啊，泉先生也是吧？”

整个部门，只有泉和田名部没用谷歌日历。同事们都说调整行程太麻烦，让他们赶紧换到云端，二人却始终坚持用纸质的笔记本。

“我总觉得不怎么想把自己的记忆还有计划放到机器或者网络上，有种本能的恐惧。”

“我懂。之前把手机弄丢的时候，我都要吓死了。”田名部紧握祖母绿笔记本，指关节泛着白，“我急得四处找公用电话，可是哪儿都没有。好不容易找到了想打电话吧，无论亲戚、同事的还是朋友的，一个电话号码也想不起来。把自己的记忆全部交给出现不到十几年的东西，想想就可怕。”

周围响起连续的快门声，coser们在车里开起了摄影会。他们并没有端着相机相互拍照，而是各自用手机前置镜头自拍。

“不过全都记到网上确实方便，也不用担心弄丢，还可以大家共享。”

“我可一点儿也不愿意跟人共享，能一直保存风险更大，有些记忆我宁愿忘掉。”田名部说到这里，猛地看向泉，“不过……要是大家在网上共享，就不会出这次这样的岔子了。”

“不，也怪我没传达到位。”

“对不起，害你跟着遭殃。”

田名部垂下头，随即飘来一阵茉莉清香，不知是香水还是洗发露。恐怕她相当清楚，从服饰到香气，都是自己的武器。

“后来电影方怎么说？”

“说是只要能错开档期就无所谓。”

“小见山老师看起来也没往心里去，只要再把电视台搞定就行了。”

“太好了。”田名部笑道，水润的粉唇让人挪不开视线。到站声响起，coser们各自走下站台，换上了一群小学生模样的孩子和几对父母。拥挤的车厢里，田名部柔软的大腿贴了过来。

“泉先生……结婚多久了？”

“差不多两年前吧。”

田名部问得突然，泉只好直视着前方回答。沿高架行驶的列车是自动驾驶，驾驶席是空的。

“感觉如何，跟同事结婚？”

“从一开始就知根知底，相处起来很轻松。不过在家聊的也是工作，感觉好像随时都在上班似的。”

“挺好的，我很向往呢。”

“香织小姐非常优秀。”田名部低喃道。泉险些想反问她的看法，不过还是忍住了。他回想起大泽的怒吼：“别以为总有人惯着你！”不知当时大泽是用什么表情在看她。

泉陷入沉默，田名部在他耳边继续低语：

“不过你们交往的时候，没被公司里的人识破吗？”

“识破？”

“总要约会吧，下班一起回家之类的。”

“我们也没刻意隐瞒，结果完全没人发现。所以公布要结婚的时候，大家都惊讶得不得了。”

“真的吗？不过，会不会只是你们以为大家不知道，其实只有自己被蒙在鼓里呢？”

泉看着身边田名部的微笑，苦笑着回了句：“或许是吧。”

得知两人的婚事后，不止一位同事说想不到香织会选择泉。她在公司里给人的印象跟“恋爱”“结婚”毫不沾边，更别提对象是同事，着实出乎所有人意料。

自从五年前，泉在烤肉店跟她坦白“我没有爸爸”，就有预感会跟香织结婚。既然她爽快地接受了泉的过去，那么泉就有信心能毫不自卑地跟她在一起。不过直到现在，她也没说过为什么会选择泉。

手里的手机忽然不停震动起来。一看屏幕，是个陌生号码打来的电话。泉有种不祥的预感，用手捂着嘴接通了电话。

“请问，是葛西泉先生吗？”

“您好……我是。”

“是葛西百合子女士的儿子对吧？”

“没错，”对方迟迟不说明来意，泉有些不耐烦，“找我有事吗？我母亲怎么了？”

“百合子女士现在正在我们这里。”

“所以你到底是哪里？”

“我是警察。”

警察——周围的声音随着这两个字骤然远去，耳朵深处朦朦胧胧响着列车哐当摇晃的震动声。泉含糊地应付着警察，从车窗向目的地望去。银色的电视台耸立在填海地上，仿佛一艘巨大的宇宙飞船。

打开房门，色彩散落一地。

高跟鞋、运动鞋、凉鞋，全都乱七八糟扔在地上。“抱歉抱歉。”百合子蹲下身收拾起来。由于玄关很窄，泉和母亲定了规矩，脱下的鞋子一定要放进鞋柜。

“肚子饿了吧？我这就做饭。”

百合子走进厨房打开冰箱。夕阳透过起居室的窗户，照亮了使用数十载的三角钢琴。母亲对钢琴的调音和清洁从不怠慢，现在琴上却铺着厚厚一层灰。餐桌上的花已经枯萎，花瓶里是褐色的浊水。唯独洗好的衣物叠得整齐，全都堆放在沙发上。

“不用了，我喝口茶就行，回去的路上在车站随便找点儿吃的。”

之前泉从台场直奔派出所，没工夫吃午饭。不过现在他毫无胃口，什么都不想吃。

“别这么说，马上就好，你等着。”

估计是在派出所待了太久，母亲也面露倦色，然而有种非这么做不可的执念，驱使她站到了厨房里。

泉也走进厨房问有什么需要帮忙，让母亲独自开火他放心不下。一看洗碗槽，水里正泡着一只焦黑的锅，也不知烧糊过多少次，不光锅底，连把手都已被熏黑。三角沥水篮里塞满垃圾，散发着鱼的腐臭。电饭煲旁和之前一样，还是堆着三大袋吐司。泉拿起最里面那袋，面包不知过期多久了，内侧已经发霉。泉把吐司连包装一起扔进了垃圾桶，转而打开冰箱，里头放着双份的番茄酱和蛋黄酱，全都敞着盖子。

泉跳下列车冲进派出所时，百合子正蜷着背坐在朴素的折叠椅上，身穿制服的中年警官隔着桌子，正审视着母亲的表情。一名年轻警员把泉领进来，确认过身份后，中年警官让他坐到百合子身边。

“妈，你怎么做这种事？”

泉忍不住语带责备。百合子垂着头也不说话，一旁放着站前超市的白色塑料袋。

“不是大事，对方也说了不会追究。”

警官很和气，笑呵呵地安慰完泉，又驾轻就熟地填写起调查报告的空白栏，似乎早就习以为常。狭小的房间令人窒息，只有圆珠笔和时钟的秒针轻轻作响。

“付过钱了吗？”泉问向警官，随即又急着催促起百合子，“妈也别装哑，到底是怎么了？”

母亲沉默不语，警官代为解释起来。他一字一句说得沉稳，就像在安抚泉。

“令堂带了钱包，钱已经付过了。她在超市里来回逛了差不多两个小时，工作人员看她样子有些古怪，就留意了一下，结果发现她把鸡蛋、番茄和蛋黄酱装进自己包里，没结账就想出去，于是把她拦了下来。不过令堂似乎并没有恶意，她自己也很混乱，不明白为什么会做出这种事。最后超市联系了我们。”

填完几份资料上的必要事项，警察放泉和百合子走了。“阿姨，下次别粗心了。”警官冲她露着笑脸，不过百合子似乎大受打击，直到最后也没吭一声，只是鞠了个躬。

临走时，警官趁着百合子先走出派出所，小声对泉说：“我建议你最好带令堂去看看医生。”

泉在水槽前洗东西，一旁的百合子挥着方形煎锅。打散的鸡蛋被徐徐注入，凝固成薄薄一层，最后卷成一团。“今天吃个玉子烧就行。”这是泉点的菜。

“泉，做好了。”

百合子把玉子烧装到盘里，细嫩的金黄长块冒着热气。

“看起来很好吃。”

香甜的气味唤醒了食欲，泉赶紧坐到餐桌前，拿起筷子把玉子烧一分为二，一半夹到母亲盘里。百合子正在用壶里刚烧的开水泡着煎茶[1]。

“你也太糙了，早说我就先用刀切了。”

“反正不影响味道。”泉边说边吃起来。刚煎好的玉子烧还很烫，泉呼哧呼哧在嘴里打几个转，边吹凉边嚼。鸡蛋稍许的黏稠口感和砂糖的甜味在舌头上混合，融为一体。

以前泉参加运动会或去远足时，便当里一定会有甜玉子烧。明明是下饭菜，却有点心一样的甜味，这让他非常喜欢。泉上高中时，百合子做过更费功夫的“高汤玉子烧”。母亲非常自信地

1. 煎茶，一种日式绿茶。

说："这次用了鲣鱼高汤，更有成熟的味道。"然而泉实在舍不得吃惯的甜味，于是她又立刻换回了原样，此后延续至今。

"真好吃。"泉转眼就一扫而光。"你喜欢就好。"母亲微笑道。百合子的玉子烧一如既往，甜甜软软。

"妈，下周我们去趟医院吧。"

泉一边心想着肯定是杞人忧天，一边告诉了百合子。

"嗯，去看看。"

百合子点点头，切开自己盘里的玉子烧，把大的那块夹到了泉的盘子里。

6

"您今年多少岁？""六十八。""今天是几月几号，星期几？""四月……八号，星期六。""这儿是哪里？""医院。""我接下来要说三个词，请跟着说一遍并且记下来，待会儿会请您重复。樱花、猫、电车。"

医生戴着银边眼睛，很年轻，沉稳而不断地提着问题。他可能爱打高尔夫或是网球，脸晒得黝黑，挽起的白大褂露出手臂上结实的肌肉。"樱花……猫……电车。"百合子吞吞吐吐地重复着医生给的单词，就像第一次来医院的孩子，满脸怯意。

"一百减七等于多少？"

"九十……三。"

"再减七呢？"

"八十……呃……"

“十位数是对的。”

“八十……六。”

“妈算对了。”泉忍不住给她鼓劲儿。百合子正在他面前战斗，整个人气喘吁吁，握紧的手已经汗湿。综合医院的诊室窗外，能看到沿路盛放的樱花树。医生不给她喘息的机会，继续提问：

“接下来请把我说的数字倒着说一遍。六、八、二。”

“二……八……六？”

“三、五、二、九。”

“这个……九……二……五……抱歉记不住了。”

“没关系，已经很好了。现在请重复一下刚才让您记下的三个单词。”

“猫……电车……还有……还有一个……”

百合子无助地看向泉，他只能强忍住叫停的冲动，医生却始终凝视着百合子。

“怎么了？葛西女士？只差最后一个了。”

“猫……电车……猫……我真的想不起来。”

百合子见泉默不作声，只好虚弱地笑着看向医生：“大夫……别欺负我啦。”试图把丢脸变成玩笑。

趁百合子去拍脑部核磁共振的当儿，医生把泉叫进了诊室。

“刚才我给令堂做了些简单的测试。”

“结果如何？”

“结合来医院之前的健忘情况，我判断她已经有了一定程度的痴呆症。”

医生的口吻轻描淡写，仿佛母亲得的只是感冒。最不愿意去想的噩梦成了真，泉呆然看向窗外，盛开的樱花显得格外悠闲，仿佛丝毫不知即将凋零的命运，只管怒放。

“虽然还需要有详细检查才能最终确定，但我判断应该是阿尔茨海默病。会导致痴呆症的还有路易体、血管性等类型，不过半数以上都是阿尔茨海默。”

泉无法把“阿尔茨海默”这个词跟母亲联系起来。它就像是遥远的寓言故事里才有的疾病，听起来丝毫没有真实感。

“如果确诊是阿尔茨海默，我院能开的是多奈哌齐和加兰他敏这两种药。有效的话可以延缓病情恶化，不过目前看也就几个月，最多五年。患者的脑神经细胞会逐渐死亡，不过具体病因尚不清楚，有观点认为和蛋白质的病变有关。”

各科室的医生不停用广播叫着候诊病人，如此多的疾病聚集在这栋建筑里。泉半天说不出话，医生开导起他：

“葛西先生，希望您能好好支援令堂。痴呆症这种病并不罕见，现在日本的患病人数已经超过五百万，预计八年后会达到七百万，每五位高龄人士里就有一位是痴呆症患者。”

“那也能像癌症一样，迟早开发出特效药，让它不再是绝症吗？”

“或许吧。不过讽刺的是，人类自身存在一种平衡。”

“平衡。”泉自言自语般地重复道。“先有了百合子，然后才有了泉”，这是母子间的“平衡”。泉无法接受将要失去母亲的事实，他不知该用什么表情去面对百合子。

“从前人类的寿命还不到五十年，后来活得长了，就出现了癌症。等癌症能被治愈，人能活得更长了，这下阿尔茨海默病又多了起来。无论什么时候，人类都必须跟某种疾病做斗争。”

医生站起身，告诉他母亲就要拍完核磁共振回来了。

“即便患上了痴呆症，也不意味着会把一切忘光，或是完全失去了辨别能力。葛西百合子永远是您的母亲，请别忘记对她的尊敬和爱。”

门口响起微弱的敲门声，一想到门外的百合子会是怎样的表情，泉就胸口发闷。医生见泉不吭声，一改刚才的轻言细语，放大音量说了声：“请进。”

医生边给百合子出示核磁共振的片子，边淡淡告诉她已经出现了阿尔茨海默病的初期症状。母亲并没有特别惊讶，只是点头说了声：“知道了。”她看着这些大脑的切片图，似乎没法跟自己头盖骨里的东西画上等号。

离开医院坐出租车回家的路上，百合子一言不发。泉也不知说什么好，两人只是一左一右望着窗外。平缓的坡道两侧是盛放的樱花，春风拂过，粉雪飞扬。

两人喝着百合子泡的焙茶，商量起今后的打算。泉提出可以请人看护或者搬到一起住，母亲答说还想再自己坚持一阵。可是具体该怎么办，还是讨论不出个结果。泉问附近有没有能帮忙的邻居，母亲摇了摇头。

百合子已经没有称得上朋友的相识了。年纪越来越大，不知不觉就成了一个人。或许，这就是走向死亡的过程。

“钢琴课是不是该停掉呢？”

母亲坐在三角钢琴前，试探性地敲起琴键，是肖邦的《小狗圆舞曲》。起头接连有三两个音弹错，不过她很快就找回状态，小小的起居室里满是轻快的钢琴声。

“虽然弹琴还没受影响。”

泉听着华美的旋律，怎么也不相信母亲的脑子出了问题。

“要是不放心，不如先暂停一阵子？等状态好了再重开。”

母亲真能等到重新教人弹琴的那天吗？泉清楚可能性微乎其微，但还是忍不住宽慰着眼前蜷缩的背影。

据百合子说，现在只有街角那户人家的小学生在上钢琴课，名叫美久。“我岁数也大了，没再多收学生。反正有你寄的生活费，我也不用勉强自己。”

母亲不停叨念着，就像是在努力说服自己。

刚一见面，对方就叫出了泉的名字。

“我就知道。你不记得我了？”

泉一时手足无措，对方伸手把漆黑的长发拢到脑后，露出细长的双眼。记忆顿时复苏。虽然她的脸蛋稍稍变胖，眼睛还跟中学时代一模一样。

“啊，你是三好！”

“没错！不过我婚后已经改姓长谷川了。”

“咦？难道三好就是小美久的妈妈？”

“说对了！”她满脸笑容地大敞房门，邀泉进屋。

“这都多少年不见了。”

泉坐在白底的布艺沙发上，四下打量着干净整洁的起居室。房间采光很好，虽然住在同一个片区，但百合子家门外有居民楼遮挡，室内光线就一直不太好。

“初中毕业就没见过了吧？有二十年了。”

三好啪嗒啪嗒踩着拖鞋后跟，用带着花朵图案的茶杯泡了红茶，端到泉面前。太妃糖的香气弥散开来，不知是不是茶叶本身的气味。

“我都不知道你住得这么近。”

“我在老家读完短期大学，立刻就结婚了。这儿原本是公婆的房子，正好我丈夫在附近的银行工作，就让给我们住了。然后八年前我生了美久。”

从儿童房传来阵阵钢琴声，是莫扎特的《土耳其进行曲》。估计曲子还在练，总是在同一个地方出错。每次中断，都会从头再弹。

“完全是当妈的样子了啊……不过你完全没变。”

“哪儿没变了，都胖了好多啦，糟透了。你呢？”

“我八月就要当爸爸了。”

“第一胎？”

“嗯，真是一点儿门路也摸不着，正在艰难探索。”

而且我太太最近脾气也很暴躁——泉说完，苦笑着喝起了红茶。“不过你肯定没问题。”“常有人这么说，也不知道是为什么。”

“泉啊，你才是一点儿都没变，从前就这么老成。”

“毕竟是单亲家庭嘛。不过你怎么不跟我说一声，女儿在上我妈的钢琴课啊？”

“不怪我，我又不知道怎么联系你。吓了一跳？”

“肯定啊。”

“其实我从初中起就非常喜欢你妈妈。”三好听着女儿的琴声低喃。曲子又在同个地方卡住了。三好低沉的嗓音一如当年，她继续说道：

“葛西老师……长得漂亮，又有气质，钢琴也弹得好。我一直想找机会跟她学琴，不过我已经来不及了，所以现在让女儿跟她学。”

“还是我太迟钝了，居然完全没察觉。”

“迟钝？”

“经常有人这么说我。”

泉自嘲道。常有人说，泉靠是靠得住，就是太迟钝。

泉读初三那年，搬到了这条街。百合子租了勉强能放下三角钢琴的小房子，打算在这儿重新招学生教钢琴。

泉转校那天，班主任在教室里为他做了介绍。新班级让泉有些不知所措，等找到座位坐下后，一旁有人跟他打了声招呼。

“葛西泉同学。”

这是名头发浓密的浓眉少女，白皙的圆脸蛋上，细长清秀的眼睛就像画着两条线。

“您好。”

说完泉才发觉对同学用了敬语，他摩挲起校服袖口，想掩饰害臊。

“你从哪儿搬来的？”

“南区。”

“我上幼儿园的时候也住南区。”

三好眯起细长的眼睛，低声笑了。能被女生搭话，泉既不好意思又有些开心，连体温都升高了些。

新城区的学校可能校风也相对开放，班上的女同学几乎都是露膝短裙，要么用镊子修过眉，要么染成棕发。其中，只有三好的短发宛如日本人偶般乌黑发亮，裙子也长得盖过小腿，给人格外土气的印象。不过正是她的朴素，让泉格外安心。

可暑假将尽时，三好忽然像变了个人。新学期第一天，当她走进教室，全班都吓了一跳。扎起的头发让她整个人精神起来，裙子也短到膝盖以上，露出白皙的大腿，衬衫被丰满的胸脯高高顶起。仔细一看，双唇上还涂着薄薄一层口红，颈项间散发出香水的芬芳。

“听说啊，三好跟佐古田老师好上了。”午休吃便当时，一旁足球社的山内压低嗓门说道。据说放学后他们在教室里亲嘴。据说周日两人一起去了家庭餐馆。据说有人看到他们从情人旅馆出来，等等。流言立刻传遍全班，大家都用好奇的目光看着脱胎换骨的三好。佐古田的课因为总是他一个人讲个不停，让人昏昏欲睡，这下学生们的困意全都一扫而光。当他站上讲台教起数学，全班都屏息观察着他和三好的反应。

这天，泉独自骑着自行车出了校门。“让我搭个车！”三好大叫一声，就从后面追了上来。自暑假之后，泉还没跟她说过话。“反正一个方向嘛。”她不由分说，按住短裙就上了自行车后座。

幸好刚到社团活动时间，周围没有同学。这种事要是被看到，不知会被说什么闲话。泉用力蹬起脚踏板，只想赶紧远离校园。自行车越来越快，三好搂住了泉的腰，柔软的胸部抵住了他的后背。

“泉同学……有过喜欢的人吗？”

“干吗突然问这个？”

秋老虎的阳光还很毒，柏油路被烤得像个蒸笼。载着两人的自行车踏板很沉，泉很快就开始上气不接下气。为了掩饰内心的慌张，泉故意表现得毫无兴趣。

“没有吗？”

耳边，三好低沉的嗓音格外鲜明。

“读小学的时候，有过有好感的同学……”

“形容一下？”

“个子高，跑得非常快。”

“你的喜好怎么跟女生似的？她长得可爱吗？”

泉含糊地说了句：“大概吧。”他已经记不清那名个子高、跑得快的初恋长什么样，只记得她奔跑的剪影十分美丽。

“那三好呢，你有喜欢的人吗？”

到了上坡路，泉站起身来，用力蹬着脚踏板顺势问道。

“有啊！”

面对泉的明知故问，三好却答得爽快。“而且比我大很多！”低沉的嗓音补充道。

“为什么会喜欢？”

泉不由得有些走音。

“唔……因为稳重？”三好似乎自己也拿不准，“他本来不是我喜欢的类型。长得不帅，年纪也比我大一倍。是他死缠烂打我才答应的。”

“已经分手了？”

“没。怎么说呢，不知不觉间倒是我的喜欢更多了。”

“有什么不好吗？”

“感觉很不甘心啊。总是我主动联系他，还给他写信。可是最近他都冷冰冰的，说不定已经不喜欢我了。”

佐古田总是穿着褐色旧开衫，戴着雾蒙蒙的银边眼镜，叽叽咕咕解着公式。他会怎样回应三好呢？会在她耳边低喃喜欢或者爱吗？泉突然涌起一种难言的亲近感，既非同情也非怜悯。

“他肯定……很忙吧。”

“我就知道泉同学从没真正喜欢上什么人。”斜坡越来越陡，车把摇晃起来，三好收紧环在泉腰间的手，“你要是真有喜欢的人就会知道，根本不存在什么忙啊、顾忌啊。”

“这样吗？”

“嗯，会满脑子只想着那个人。真正喜欢上谁，整个人都会变傻。”

“我走这边了。”等车骑上坡顶，三好就跳下后座，裙袂翻飞。泉气喘吁吁，来不及问她喜欢的是不是佐古田老师，三好已经向人行横道冲过去了。人行信号灯上亮着的绿色小人，正匆匆一亮一灭。

“泉同学！”

三好过到马路对面，冲他回过头。夕阳西照下，路灯在二人间投下长长的阴影。

“刚才说的，要保密哟！”

三好挥着手，灿烂地笑了，细长的眼睛就像引在白皙脸蛋上的细线。虽然她的装扮已经截然不同，但低沉的嗓音仍一如初见，泉也不禁笑着挥起手。

这是他和三好最后一次说话。

佐古田的离职十分突然。据小道消息，他跟三好的关系在教师间传开了，后来他被校长质问，只好据实以告。还有同学声称看到三好父亲火冒三丈地闯进了老师办公室。

佐古田离职的那天，全班同学给他写了集体留言：“谢谢你，老师。”“多保重。”各种不痛不痒的留言里，只有一条格外醒目：

“我想忘了老师，可是肯定忘不掉。”

是在留言板的一角，用小字写着的。别的女同学都用彩笔画了涂鸦，唯独这条黑色圆珠笔写下的留言，只有一个落款，形成鲜明反差。

真正喜欢上谁，整个人都会变傻。

泉的耳边似乎响起三好低沉的嗓音。

“昨天晚上，葛西老师打来了电话，说是钢琴课要暂停一段时间。”

三好在厨房重新泡好红茶，又回到起居室。“不好意思，没什么可招待的。”茶杯旁放着一盘各种动物形状的小饼干。

“老师身体不好吗？这么突然，太意外了。”

“是有些不太好。不好意思啊，说停就停。”

大象、河马、牛、兔子。泉心不在焉地看着烤成淡褐色的动物平面，各个动物的身体中央写着英文名，就像一个个烙印。

“美久每周都盼着上钢琴课，是有点儿遗憾。葛西老师看起来还挺精神的啊。”

“其实……这事我想跟你打听一下。”

“打听什么？”

“我母亲，最近有没有什么异常？”

泉是瞒着百合子来的。母亲的症状究竟恶化到哪一步？接下来又会如何发展？昨晚他躺在床上，用手机查痴呆症，不知不觉就一个通宵。

等他睡醒已是过午，下到起居室一看，母亲仍然坐在钢琴前，正望着窗外发呆。春日暖阳洒落在屋外的院子里。“真对不起小美久。”母亲还在惦记钢琴课的事。泉忽然想到，美久或者美久妈妈或许对母亲的病状有所察觉，这才决定登门拜访。

“不好说……我们也不是经常见面。”

三好有些为难，泉并不退让。

“再小的事都可以，任何你觉得反常的地方都行。”

“我是有点儿感觉她突然瘦了，身体好像也缩小了……要不你问问美久？”

三好叫了声女儿的名字，《土耳其进行曲》的旋律戛然而止。一名少女随着轻快的脚步声来到房间，看起来就像整个缩小了一半的三好。这姑娘简直是母亲的翻版，可以说长得一模一样。女孩盯着桌上的饼干，征得母亲同意后拿起一只企鹅。

“老师总是在同一个地方弹错。”

美久吃完企鹅，又把骆驼放进嘴里，这才回答起泉的提问。

“同一个地方？”

“《土耳其进行曲》，跟我每次弹错的地方一样，总也是过不去。”

“是不是很奇怪？”泉笑了，也学着美久吃了一块印有“BEAR”（熊）的饼干，黄油的浓香和隐约的甜味在嘴里扩散开来，“明明是老师，居然会弹错。”

“就是说啊，老师也会弹错呢，她总是说声‘对不起’再重新弹，结果又卡在同个地方。”

美久一口接一口吃着动物，也不知她是担心百合子，还是根本无所谓，从她的表情分辨不出来。不知不觉，深蓝色盘子里只剩最后一块饼干。落单的淡褐色蝙蝠，仿佛正凝视着泉。

橙色的阳光透过门上的小圆窗射进玄关。泉正要穿鞋，三好突然站在楼梯口叫住他，说是刚想起个事。

“有次我送美久去上课……正好看到葛西老师急匆匆地从家里出来。”

“是上钢琴课的日子？”

帆布运动鞋总是穿不好，泉用鞋尖敲着三合土地面。这鞋小了一码，早知道不该在网上买。

“没错。我问老师：‘您这是要去哪儿啊？’她说必须去接人。我又问去接谁，她却不说话了。于是我告诉她，今天接下来要上钢琴课。她好像这才反应过来，对美久说了声‘不好意思’。也不知她是健忘还是怎么了，总之感觉很奇怪。”

“这是……多久之前的事？”

“大概三个月前吧。抱歉，我当时是感觉有些不对劲儿，不过后来跟她聊天又很正常，钢琴课也跟平常一样一直在上。”

“哪里，你不用道歉。我都完全没察觉到她状态不好。”

右脚的后跟老是塞不进去，泉踢了又踢。随着沙砾被踢起的声音，贴在运动鞋尖的胶皮裂了。泉不由得叹了口气，穿过裂开的胶皮间隙，能看到脏兮兮的褐色鞋胶。

泉瞪着鞋子。“泉同学，”三好对他说道，“我们会一直等葛西老师回来，不会换别的课，这也是美久的意思。请转告老师，希望她早日康复。”

泉走进站前的药店，过度刺眼的荧光灯照得他两眼发晕。店内广播嚷嚷着折扣广告，店员匆匆整理着货架。离开三好家后，他不想立刻回到百合子身边，索性花了一刻钟步行到车站。

泉打电话问她有什么要捎带的，百合子让他买些柔顺剂和洗洁精。泉把东西放进购物篮，又回到入口拿起一提堆放整齐的厕纸。家里的厕所没有厕纸，而是在地上放着一盒抽纸。一起生活时，百合子从不会等到洗剂或者纸用完，总是事先就囤好备用。

去结账的路上，能看到大量老年用品。比如成人纸内裤和尿不湿、一次性防水床单、口腔护理啫喱、高热量营养辅食和容易吞咽的粥类方便速食。

泉从没注意到药店里竟有如此多的看护用品。不仅是这家药店，站前的公交车站也好，便利店也罢，到处都挤满了老年人。曾经的新城区，已经日渐衰老。将来每五个人里就有一个是痴呆症，昨天医生的预言似乎已经近在眼前。

两人吃完超市买回来的手握卷拼盘，百合子一言不发进了卧室，就像困得不行的小孩子。现在才晚上九点，泉洗完水槽里积攒的餐具，擦干净灶台上溢锅的污渍。

满冰箱快要塞不下的食物基本都已过期，制作富氢水的罐子里甚至长了霉。泉把这些东西通通扔进了垃圾袋。

他还清理了浴缸和洗脸池堵塞的排水口，细细的银丝缠了一圈又一圈。小时候，泉吃过晚饭就早早去睡觉了，那之后，母亲是不是也做着同样的事呢？

饭厅碗柜的抽屉里塞满了电费、燃气费的收据。泉在整理时，翻出了一大沓痴呆症患者手册，还有介绍治疗方法的书，都不知道是什么时候买的。泉忐忑地拿起来，发现其中一本书里，夹着一只信封。

“还是一起住比较好吧。”

香织坐在面前，捏着大手提包的一角，提手上的孕妇挂牌摇摇晃晃。

“哪有这么简单？而且要生孩子了，现在这个家住不下。”

泉抓着皮拉手，低头看着香织。早高峰的电车里挤满了人，二人都压低了嗓门。

“我不介意搬家。”

“先考虑清楚吧，而且还有贷款要还呢。”买在新宿的那套公寓，还有三十年的房贷，“不光是要抚养孩子，你也想重新工作吧？”

“那妈怎么办？”

“她说想再自己坚持一下，估计她也不愿意离开住了那么久的地方。”

昨晚，百合子在玄关告诉泉：“不用担心我，还没什么大问题。”她露着笑脸，像在给自己打气。然而泉没能回以笑容，只说：“我下周再来，有什么事随时联系。”就拉开门走了。房门啪嗒一声，掩上了母亲最后流露的不安。

“那请个专业看护？”

“目前还不至于，过段时间可能就需要了。一开始估计只能靠家庭护理或者日托。”

昨天，泉电话联系了区政府咨询中心介绍的护理专员，负责人听起来是位中年妇女，她快活地介绍了可以为痴呆症患者提供的服务。

“这俩都是护理服务吧？”

“家庭护理是上门来家里帮做饭、帮洗澡。日托是自己去护理中心搭伙洗澡，类似复健这种，是当天往返的服务。”

“费用会不会很高？”

香织话音未落，电车忽而上到地面，可以俯瞰一片大学操场。身着白色队服的学生们边跑边舞着棍子，棍顶有个网筐似的东西。

“好像价格都比较亲民，而且还有护理保险可以报销。”

香织以前告诉过他，那种运动叫网棒球。跟第一印象不同，其实是相当激烈的对抗。不过在春日和煦的暖阳下，看起来格外悠闲。

“那等妈没法一个人生活了又该怎么办？如果像之前那样，在外面犯起糊涂……”

“如果病情严重，就只能进疗养院了。”

“可现在到处都住满了，也不是说进就能进吧？我好像有个亲戚就一直在等床位。”

香织抚摸着隆起的腹部，仿佛在为自己孩子的未来担心似的。今早她说：“最近孩子总踢我。”让泉也摸了摸。咚咚——掌心感受到的震动远比想象中强烈。

“并不是得了痴呆症就完了。恰恰相反，战斗才刚刚开始。”电话另一头的护理专员这样说道。她为泉介绍了护理服务的优劣和范围，还说虽然不见得一定能延缓病情恶化，但最好还是家人多亲力亲为。鼓励完泉，她又解释起护理审查系统，还有护理保险的使用方式。内容并不复杂，泉却没听进去几个字。

给歌手拍唱片封面没花多少时间。泉没有直接回公司，而是抽空去了经常照顾他们生意的美发店。这两个月忙着陪百合子去医院和处理工作上的事故，一直都没理发。

“真够乱蓬蓬的啊。”

泉坐到椅子上，熟识的理发师打趣起来。理发师身形瘦削，裹着紧身豹纹衬衫，搭配通红的窄脚裤配厚底鞋，看打扮更像是玩朋克摇滚的。

“早上梳头别提多费劲了。”

“再不打扮得帅气些，就会越来越像大叔了。”

理发师笑道，打在嘴角的唇环摇摇晃晃。他给人的第一印象不太友好，实际上却是很好相处。

“白头发变多了啊。”

理发师用食指和中指夹起头发，开始修剪起来。

“我感觉也是。”

明明可以看着镜子交谈，泉却忍不住朝后回头。

“后脑勺这些地方挺明显的。”

理发师轻轻把泉的脑袋转回正面，利落地使着剪刀。给泉洗头的新人说过，他的技术在店里也是数一数二，预计明年就要升任店长了。

“你要是不喜欢的话可以染一染，不过我感觉现在这样也很有味道。”

理发师的话传进耳朵的同时，遮白染发剂的刺激气味也钻进了鼻腔。泉侧过头，旁边是位中年妇女，长发上正涂着白色药剂——刚才他却完全没察觉到。

百合子第一次买遮白染发剂时，泉正好上大学。或许是不好意思被泉看到，她把染发剂放到了洗脸台下的收纳柜里。当泉在洗衣剂和囤积的厕纸后面发现被藏起来的染发剂时，他第一次意识到，母亲老了。

上周末，他在百合子家里找到一只白信封。

信封被夹在介绍痴呆症的书里，上面写着隔壁镇上一家综合医院的名字。泉轻轻拉开椅子，坐到餐桌前。窗边排放着三只花瓶，都没插花。头上传来秒针的走动声，泉抬起头，母亲就寝后已经过了三个小时。他久久凝视着信封，终于抽出一张被折成三折的纸。

额叶、顶叶可见部分血流分布不均，颞叶、枕叶血流量明显偏低。

这是一份检查报告，把大脑细分成各个部分进行了诊断。其中一行字是："疑为阿尔茨海默型痴呆症，需继续观察。"报告书上留着半年前的日期。

现在想来，那正是母亲频频给他打电话的时期。问她有什么事，有时候也支支吾吾说不上来，每当这时，泉就会说声"抱歉，现在在忙"，然后单方面结束通话。坐电车不过才一个半小时的距离，他却不愿去见她一面。

泉看着镜子里理发师正在搅拌的焦糖色染剂，一边在回忆中摸索。肯定那时候就有症状了。母亲虽然什么都没说，可确实是在向他求助，他却丝毫没察觉。如果能再早点发现，说不定可以延缓病情。泉想象着母亲独自做检查的身影，后悔得快要窒息。

搅拌着搅拌着，焦糖色的染剂眼看着开始变白。泉凝视着塑料杯里逐渐脱色的染剂，心想自己也会有老去的一天。

再过五个月，孩子就将呱呱坠地。人生就是这样，被推搡着前进。

7

右手的食指不停按下门铃，两次，三次。

尖锐的鸣叫随之一响一停，脚步声由远至近，最后停在门前。我知道有人正悄悄站在门后，或许是在看猫眼。雨珠哗啦哗啦猛砸着屋顶，门还是纹丝不动。我握紧拳头，用力敲起门。咚咚咚。水滴淋湿了手背。泉！你在吗！门锁咔嚓一响，焦褐色的房门慢慢打开。“请问……有何贵干？”来人还躲在门后。“我家的泉在你这儿吗？”“你是说……阿泉？”“对，他还没回家。下雨了，外面这么冷，我怕他迷路。不过泉都上小学了，应该不至于。可我太担心，实在坐不住。我想他会不会是来三浦家了。你也知道，泉跟三浦关系很好，我经常看他俩在一起玩……”三浦妈妈从门缝探出头来，一言不发地盯着我看。“你怎么不回话啊？”我拼命忍着才没大叫起来。二楼好像有人在走来走去。“泉不就在你家吗？”三浦妈妈移开视线，我就知道她在撒谎。“泉！你在二楼吧！”我推开门就往里走。“喂！你这是干什么！”三浦妈妈抓住我的胳膊，她的脸上没有五官。“放开我！！”我甩开她的手，鞋也不脱就直冲上楼梯。“泉，泉，泉。妈妈这就来救你。”啊，二阶堂护理也在，她总是擅自闯进我家，必须把存折和现金藏好。唉，肚子饿了。什么时候吃饭我自己决定！洗澡我自己能洗！别把我当小孩子！上楼打开第一扇门，三浦正坐在书桌前，独自吃着夹心面包。“三浦，泉呢？”他瞪大眼睛，一脸胆怯地看着我。他肯定也藏着秘密。“泉在哪里！”我大叫的同时，桌上的面包渣移动起来，就像蚂蚁一样四处爬来爬去。“你别这样！”三浦妈妈又抓住我的胳膊。干吗要把他藏起来？为什么？你们到底想干什么？嗷嗷嗷嗷嗷——突然，屋外传来怪兽般的咆哮，房子嘎吱嘎吱剧烈摇晃起来。巨大的黑影从二楼窗前飘过，我不由得凑到窗边。晃动的电线仿佛长鞭，不知浅叶是否平安？我跑出二楼的房间冲下楼梯，开门一看，倾盆大雨之中，房屋一栋接一栋被冲下坡道。我想赶紧下坡，却举步维艰。“阿泉妈妈还没再婚啊？”“阿泉能好好吃上饭吗？”“没爸爸很多事都不方便吧？”居民楼也被冲到跟前，四角窗里是大大小小各不相同的人影。“百合子做出那种事，亏她还有脸回来。”“阿泉肯定很寂寞吧？”“当妈的居然那么自私！”一个个人影呢喃着从眼前经过。不是这样！我……泉也……泉肯定也！我独自走在空无一人的车道上，走啊走，走啊走，却看不到人影，也没车经过，甚至听不到一声鸟叫。浅叶在哪里？抬起头，笔直道路的尽头是一片汪洋，漂着艘白船。等走到跟前，雨突然停了。不，雨并没停，而是有人撑起了伞。浅叶正站在我身边。“不好意思啊，百合子，等很久了？”他一手撑着黑伞，对我笑道。“没有，你别在意，我喜欢在这儿看船。”浅叶默默点头，揽过我的肩膀。“对泉要保密。不过这是我最幸福的时刻。”眼泪涌出眼眶。现在最幸福了。怪兽又开始咆哮，海啸袭来。嗷嗷嗷嗷嗷。怒涛滚滚，白船倾覆。泉！你到底在哪儿？自己回去了吗？说不定是迷路了。半圆形的烟花升上灰色的天空，一朵、两朵、三朵，就像被橡皮擦过一样，全都看不到下半边。唉，必须赶紧找到那孩子。对不起，浅叶，我必须去泉那里。“等等，百合子。”我挣脱开浅叶寂寞的挽留，跳上白船，一级一级走下通往船室的楼梯。泉肯定饿了，我必须给他做甜玉子烧，还有他最喜欢的牛肉烩饭。唉，肚子饿了。存折要藏在哪里呢？小美久，“Fa”和“Re”别弹得太急。都说了我自己能洗澡！不过这儿又是哪儿？打开眼前的门，里面是小小的课桌和椅子，还有大大的黑板。泉正在举手，连指尖都绷得笔直。梅勒斯[1]怒不可遏，发誓定要铲除邪恶暴虐的君王。梅勒斯不懂政治，梅勒斯是村里的牧羊人，吹着笛子，和羊群一起玩耍长大。

*

一阵暴风把伞吹得翻折过来，手上能感到骨架软软耷拉下来，伞变形了。暮色将尽，雨越下越大。他已经到处找了两个小时，还是没有百合子的踪迹。沿坡而下的雨水宛如河流，帆布鞋已经湿透。妈妈！一声声呼唤被暴雨冲散。

新闻节目里的天气预报员正在说，今夜晚些时间台风将在关东地区登陆。泉嘟囔着要不今天早些回去，正在看杂志的香织抬起头，说那就在家随便做些东西吃。“你想吃什么？”“饺子。”“好久没自己弄了，一起来包吧。”“好啊。”

傍晚泉离开公司，正在超市买绞肉和饺子皮，手机忽然响了。

---

1. 梅勒斯，出自日本作家太宰治的短篇小说《奔跑吧，梅勒斯》，讲述了梅勒斯以诚信阻止暴君杀人，并与挚友和解的故事。

来电显示是“二阶堂护理”，他瞬间犹豫要不要接。往外一看，街道旁的树木正剧烈摇晃。“百合子太太不愿意洗澡。”“她最近好像吃得有些过量。”“太太说钱变少了。”只要是二阶堂的电话，一定是母亲出了什么问题。每当这时泉都急得手足无措，她却会司空见惯地笑着安慰说不是大事。

“葛西先生，百合子太太不见了！”

泉刚拿起手机贴到耳边，手机里就传来二阶堂焦急的叫喊。

“我去府上时家里就没人，我在附近到处找了也没找到，刚刚报了警。”

“又来了……”

泉不禁叹了口气。二阶堂几不可闻地说了声：“抱歉……”她肯定也拼命找过了，不应该责备她。二阶堂每周会去母亲家照顾她三次，但这并不意味着她二十四小时都只把心思花在百合子身上。

泉急忙将食品放回货架，把空篮子扔进放置点，准备往外走。可是篮子歪了，没能放好。泉走到一半心里还是惦记，结果又折返回去粗暴地把篮子塞好。

车内广播提醒，受暴雨影响道路行驶缓慢。现在还不到晚高峰时间，电车里还空空荡荡。暴雨就像被风掀起的窗帘，拍打着倾盆而下。

这两个月，香织身体不太好，家务都是泉一手包办。为了迎接新生命，他整理好房间，还置办了婴儿床和被褥。工作上，电视台的制作人没给好脸色，合约冲突问题一时陷入僵局。部长大泽照旧没有当事人的自觉，于是泉就成了众矢之的。同时，之前惦记的MV超预算果然应验，还接连爆出合同漏洞和艺人丑闻。麻烦一个接着一个，周六周日他也大多待在公司，每周最多只有半天时间能去看一眼百合子。

“二阶堂这个人，招呼也不打就直接进屋。”

泉一回去，百合子就迫不及待地数落起二阶堂。

“钱好像也不够数，说不定是被她偷走了。”

“不会的，你多心了。”

“洗澡也是……我都说了自己洗，她根本不听。我又不是小孩子。”

两人一起生活时，母亲即便有不满也不会说出口，在她看来默默承受似乎是种美德。可现在，她却滔滔不绝抱怨个不停。

“而且她做饭也很晚，我都饿死了。结果还是自己去便利店买吃的，都不知道请她来干吗。”

百合子边说边吃着泡芙。泉买了四个带回家，转眼就被她一扫而光。泉惊讶不已。要知道，母亲本来食量就很小。最近，感觉她的脸都变得浑圆起来。明明才刚吃过午饭。会不会这才是她内心深处长年被压抑的欲望？

“唉……我饿了。泉，午饭吃什么？我给你做牛肉烩饭？”

泉拼命摆出笑脸，告诉她不用了。上个月煤气公司打来电话，说家里的煤气一直在走字。肯定是百合子想自己做东西，结果忘了关火。那之后，泉就把煤气总闸关了。

泉在离百合子家最近的一个车站下了车，二阶堂矮矮胖胖的身体套着雨衣，正在检票口等他。“实在对不起。”二阶堂深深埋下头。平时她乐观到连泉都忍不住担心，现在却抖个不停，泉顿时心头一凉。“我一直在找，可怎么也找不到，泉先生知道她可能去了哪儿吗？”泉正要告诉她可能的处去，却发现一个也想不出来。泉也知道，这样的瓢泼大雨中，到处乱找也无济于事。可他没法坐以待毙，还是撑起伞向回家的坡道奔去。

两周前的某个夜晚，百合子在徒步一刻钟距离的一户民居外不停敲门，还好住户应对得当，没闹出大事。可是等泉赶到现场，母亲却不停对他说：“我到处在找你！”“妈，别闹了！”泉忍不住叱责。

泉牵着母亲的手，走在深夜的街道上。“泉，是这边。”母亲走在前面带路，泉望着她匆匆的背影，有种看无声电影的错觉。母亲信心十足地领着路，可是转眼就不知道该在哪个路口转弯了，她又想掩饰尴尬，只得大声问起：“泉，最近工作如何？”“小宝宝的名字起好了吗？”百合子的声音回荡在深夜寂静的街道，泉不禁责备：“你小声点儿。”说完才意识到，自己在为母亲感到丢脸。

“患者本人并不认为是在独自闲逛，而是出于某种目的，或是有不得不走的理由。有的是想回故乡，有的是想逃离自己家，所以请不要认为这是离奇的举动。”接受诊断时医生曾这样说过，可泉还是忍不住凶起来。每当母亲开始高声喧哗，无论在家庭餐馆，还是在送她去日托时，或是在车站里，泉总会没好气地训她：“别闹了，你又不是小孩子！”我的母亲，不该是这样。

“妈！”家里漆黑一片，怎么喊也没人回应。玄关的鞋还是乱放一地。泉放下被风吹断的伞，走进起居室打开灯，可是感觉不到人的气息。只有上周末和百合子一起买的紫阳花，给房间带来些许生气。

泉原本抱着一丝期望，说不定母亲已经回家了，结果却落了空。他瘫坐在沙发上，淋湿的头发滴着水，滴答滴答落在地板上。木造房屋被狂风刮得阵阵颤抖。这种台风天，百合子到底会去哪儿？泉努力回忆起母亲的话，希望找到一丝线索。

泉无法陪伴的日子里，母亲肉眼可见地在失去某些东西。泉没料到症状会发展得如此之快。“这种病的病情完全看个人。有时候以为要迅速恶化，突然又会缓和起来。”去医院咨询时，医生平静地告诉他，“尤其令堂还年轻，有这种可能性。”

上个月起，泉开始尽量下班后过来陪母亲住。入夜后，百合子经常独自出门。泉把她带回家换上睡衣，她就会一边哭喊：“这不是我家！”“我现在就要回家！”一边换上连衣裙。好不容易消停下来进了卧室，过一会儿又会半夜爬起来收拾东西。

某天泉被响动吵醒，走进厕所一看，只见百合子正蹲在马桶旁。脚尖碰到什么东西，凉飕飕的。低头一看地板，是一大摊黄色的液体，就像刨冰的糖浆一样鲜艳。泉愣了好一阵，才意识到这是尿。

泉脱下母亲被尿湿的睡衣，带她到浴室去冲干净身体。他实在不想看到母亲的裸体，可是百合子却一动不动。“澡你总能自己洗吧？”泉一着急，话说得有些无情。母亲缓缓拿起肥皂，却只是站着发呆，或许她根本不知道接下来该怎么做。泉用热水冲起母亲萎缩的后背。“妈，抱歉。”他埋着头，拿过百合子手里的肥皂，开始为她清洗身体。

出了浴室，泉用毛巾帮她擦干，又拿出护理用的尿不湿和睡衣让她换上。可她弄不清顺序，穿了脱，脱了穿，反反复复总穿不好。也不知她是难为情，还是没睡醒，不停在问他：“泉，你按时吃饭了吗？”

那晚之后，母亲的症状似乎稍有好转，这几天二阶堂也没打电话，他还以为总算能跟香织一起在家吃个晚饭了。

现在不是傻坐着的时候。泉罩上家里的塑料雨衣，又冲出家门。风更强了，对面居民楼院子里的花剧烈摇摆，眼看着就要折断。脚下的浊流仿佛河水，瞬间就连鞋带袜湿了个透。

泉突然想起除夕夜里，百合子独自荡着秋千的身影。那时就已经有征兆了。泉问自己：为什么没立刻带她去医院？可是后悔有什么用呢？他一路来到公园，空无一人的秋千只是随风摇荡。对啊！泉灵光一闪，转身往三好家跑去。

开门的是美久。看到泉被淋成落汤鸡的模样，她立刻叫来了母亲。三好说，她过午时见到百合子在走下坡道，还说要去接泉。泉道过谢，又冲进了雨帘。“要我帮忙一起找吗？”背后传来三好的叫声。

车站、超市、花店。再挨个找一遍吗？可是如果过午就下了坡道，现在已经过去五个多小时了。不祥的预感让他忍不住想吐。泉小心保持着平衡，一路跑下坡道。脚后跟承受着全部体重，胃在肚子里颠来倒去，暴雨的轰鸣和急促的喘息在雨衣里高声合唱。妈妈，你在哪儿啊？泉狂奔着四处寻找母亲，忽然害怕起来。

小时候，他经常迷路。

“泉上幼儿园的时候啊，总是转眼就不见了。”

第一次带香织去见百合子时，母亲笑着这样说道。

“有吗？我怎么不记得？”

听泉反驳完，百合子耸耸肩：“你真不记得了？”

“从幼儿园接你回来，你半路就跑没影了。去超市买东西吧，你也眨眼工夫就走丢了。”

“真意外。”香织笑得皱起眉，“我一直以为泉先生是优等生，没想到这么淘气。”

“别拿幼儿园的时候说事啊，记不住我能有什么办法……”

母亲打断泉的苦笑，继续揭短：

“对了对了，还有第一次带他去游乐园，这孩子刚进门就迷路，结果一直到傍晚才找到，只买了糖球就回去了。”

泉在瓢泼的暴雨中不停狂奔，忽然想起了百合子在游乐园入口哭着张开双手的模样。那时候，他还不明白母亲为什么哭。可是，像现在这样寻找着失踪的母亲，他忽然就想起来了。那个时候，他是“故意迷的路”。

泉总是希望母亲能去找他。

握在手里的手机震动起来，泉怀着最后一丝希望，用湿漉漉的手按下通话键。

“找到了！百合子太太在小学的教室里。”

电话另一头的二阶堂补充说，是警察刚才联系了她。

“太好了……”泉停下来，脚下顿时没了力气。

“不过，她怎么会在那种地方？”

泉忍不住问。即便这种时候，他还是想要个理由。

“总之先去接她吧，我也这就赶过去。”

不等泉回复，二阶堂就挂了电话。她一改平日的爽朗，严肃的口吻让泉不由得挺直了背。反而是她，比泉更知道母亲最需要什么。

校方职员在校门口等着给泉带路，二人走在熄灯后的校园里。台风渐近，学生和老师都已经离校。泉脱下鞋，走过光滑的油毡走廊，湿透的袜子留下一个个脚印。

走上三楼，职员拉开最里侧那扇门。昏暗的教室一角，百合子正坐在小学生用的小椅子上。她被二阶堂和三名警察团团围住，背蜷作一团。她左脚穿着黑色浅口皮鞋，右脚是浅绿的凉鞋，双脚各不搭调，正眺望着化为一片汪洋的操场。

“妈！”

泉冲进教室大叫起来，责难险些破口而出，幸好看到二阶堂泪眼汪汪地搂着母亲肩膀，他才咽下涌到嘴边的话。

“……担心死我了。”

泉哑着嗓子说道。他也说不清自己是高兴找到了母亲，还是在害怕这个陌生的身影。她肯定在雨里走了很久，单薄的连衣裙已湿透变色，头发也在滴水。她肩上披着二阶堂的雨衣，正一脸苍白地看向自己。

“泉……你去哪儿了？我一直在找你。”

“妈……”

“对不起啊，妈妈太靠不住了。”

“怎么会……”

“不过太好了……总算找到了……我真的好担心。”

百合子安心地笑了。瞬间，眼泪从她的眼眶里涌出。母亲在游乐园张开双手迎接他时，就是这样的表情。

“百合子太太……真是太好了。”

二阶堂在一旁看着母子重逢，摇了摇百合子的肩膀。她的嘴唇冻得发白，脸上却露着宽心的笑容。

“是啊……多亏你们了，谢谢各位。”百合子向二阶堂和警察深鞠一躬，“我儿子迷了路，天已经黑了，又开始下雨。泉这孩子，出门也没带伞，就怕他在哪儿淋雨冻着了。我真是担心得不得了。”

“已经没事了，百合子太太！看，泉先生就在这儿呢！”

寂静的教室里，二阶堂一如既往的快活嗓音格外响亮。百合子连点了两次头，边用手背拭着眼角的泪珠，边注视着泉。

母亲手里，牢牢握着两把雨伞。

“泉这孩子，举手总是很精神，连手指都伸得笔直，老师当然愿意叫他。他真的很会朗诵，还在公开课上大声朗读了《奔跑吧，梅勒斯》。我旁边的妈妈也说：你家阿泉读得真好。我嘴上道谢，心里既高兴又自豪，真是感慨万千。不知不觉泉已经读得这么好了。我总是忙工作，都没时间好好教他读书写字。”

公开课那天，泉一个劲儿回头往后看。母亲的陪伴让他无比高兴。为了让专程请假来听课的母亲开心，他放学后一个人反复练习了朗诵。读完坐下后，他又立刻扭过头去。教室里满是掌声，母亲含着泪悄悄冲他挥起手。现在眼前的百合子，和那时一样，深深地凝视着泉。

8

按下白色按钮，随之响起沉闷的马达声。稍等片刻后，塑料仿制的竹筒里，流出了涓涓细水。

“哦，来了来了。”

香织就像在观察某种有趣的实验似的，目光追逐着流水沿绿色斜坡滑落。

“喂，太郎，还没好吗？”

饭厅里，真希坐在香织身旁叫道。太郎正在开放式厨房里跟锅战斗。“不好意思，马上就好！”太郎的脸被热腾腾的蒸汽挡在后面，只闻其声。

“抱歉啊，让你们等了这么久，都饿了吧？”

真希摩挲着隆起的肚子看着泉，大小正好跟香织的差不多。二人的预产期应该只差两周，两个临盆的孕妇坐在一起，看起来就像童话故事里的双胞胎。泉还没开口，香织就抢过话头：

“哪儿的话。我们才不好意思呢，突然就说要吃素面。”

“香织是第一次？”

“嗯，我一直想玩一次流水素面机。”

咣咚！伴着太郎的叫烫声，厨房传来铁皮变形的声响。太郎正在弥漫的热气后面，把锅里的开水往洗碗池里倒。

“太郎，我来帮忙！”

泉急忙进入厨房，帮着扶好锅，又利落地用流水冲洗起竹筛，给里面的素面降温。

“阿泉，你好像很熟练啊。”

太郎感慨着泉的身手。

“家里的素面从来都是我做。”

等面凉透了，泉拿起竹筛，把水沥干。

香织和真希是同期入职的同事。香织还在到处帮新人跑宣传时，真希这个海归已经凭借流利的英语当上了外语歌负责人，主持了大型摇滚庆典。

真希是典型的海归子女，总是有话直说，在公司里显得格格不入。香织也曾表示："老实说，起初我是对她敬而远之的。"不过负责古典乐之后，两人常有机会一起到国外出差，一来二去，她们发现彼此在酒桌上非常谈得来，都很喜欢精酿啤酒和红葡萄酒。

"哇，看起来好让人有食欲。"

香织看着竹筛上亮晶晶的素面，拍起手来。

"那就开始吧。"

邻座的真希给器皿里加了面汁[1]："你们也来放面啊。"

"啊？要怎么弄？"

泉无从下手，旁边的太郎用筷子哗啦夹起一团素面，放到斜坡上部。松开筷子，素面就像溜滑梯似的，顺着斜坡蜿蜒而下。

"来了！来了！"

真希把筷子伸到坡道下游一捞，精准地掬起面条，蘸上面汁一口喝进嘴里。她嚼着面条催道："快！阿泉和香织也来！"

泉也用筷子夹起竹筛里的素面，放到上游。

"香织，准备！"

"哎呀呀！"香织有样学样地伸出筷子，细细的面条却穿过空隙，滑进了桶里。"好难！"香织瞪大眼睛笑了。

"不能去夹，要用捞的。"

真希在耳边给她支招。

"懂了！"

香织又摆好姿势，等泉再次放下素面后从下往上一捞，白色的面条被稳稳夹起。

---

1. 面汁，用酱油、鲣鱼干、白糖等原料熬制的日式面条调味汁。

“成功了！”

香织摇晃着面条欢呼起来，真希催她：“快吃快吃。”

“好吃吗？”

真希笑问。

“感觉比平时好吃！”

香织灿烂地笑了。

得知真希的婚讯，是在去年年末。她先介绍说，对方是位动画品牌的宣传员，是在真希被挖到外资唱片公司后结识的。末了她又若无其事地补了一句：“是奉子成婚。”听起来就像点套餐时顺便加了一份甜品。不过，泉倒认为很像她的作风。

她的先生太郎就是所谓的动画宅，总是一身棉布衬衫和旧牛仔裤，背着运动品牌的登山包；而真希的打扮则光鲜亮丽，凸显身材。这两人站在一起根本不像夫妻，神奇的是性格却很合得来。真希曾笑着说：“跟他在一起很安心。”看起来非常幸福。

“现在增重多少了？”

真希夹起切好的茗荷蘸着面汁问道，太郎在一旁拼命往下放素面。

“九公斤，就要超标了。医生都说不能再胖下去了。”

香织说是这么说，却大口吃着素面。“怎么也停不下嘴。”她又苦笑道。

“我每天早上都会沿着家门口的河岸散步，生孩子不能没有体力。”

“完蛋了……我几乎就没运动，工作也是忙个没完。”

“香织真了不起。我就一定要按时下班，带薪休假有多少用多少。”

真希在进入稳定期后，立刻就把大部分工作移交给了后辈，据她说是要好好享受孕妇生活。她从来就是喜欢体验未知的类型，吃饭、旅游也总是换不同的地方。

“香织，你买婴儿车了吗？”

“还没，你有什么推荐的吗？”

“听说还是日本产的好，国外的太大了，像检票口这些地方，很多过不了。”

“学到了。看来还是要先做功课。”

“婴儿摇椅呢？”

“还要买摇椅吗？”

“非常有用。有的宝宝光是放进摇椅就不哭了。还有婴儿床，栅栏能放下来的那种绝对会轻松很多。”

“确实，小宝宝比想象中要重。”

“我家是用的吉娜式，需要轻轻地把宝宝放进去。”

“吉娜？什么意思？”香织终于停下筷子。不知不觉间，竹筛上的素面已经一根不剩。太郎进厨房重新煮起面，泉无所事事地用筷子捞着在桶里打转的面条。

“就是英国育儿专家的育儿方式。”

“听起来不错啊。是吧，泉？”

“挺好的，我们也学学。”

没错，我们会成为普通的父母。可以堂堂正正，挺起胸膛。只是现在这种夫妻对话，让他感到一种演技一般的不自在。

临近预产期，夫妇四人时不时会一起聚餐。每次见面，真希都会分享分娩或者育儿的诀窍，让泉和香织深感自己准备不足。

可是他们还有工作和母亲的看护脱不开身，结果就只是理论知识越积越多。

“香织工作起来，很可怕呢。”

泉一直只听不说，真希似乎是怕冷落到他，故意笑着压低嗓门给他找话。

“可怕？怎么可能嘛。你说是吧，泉？”

“是啊……一起工作的时候倒没这种印象。”

泉打着哈哈，看向香织背后的窗户。从这栋位处居民区的高层公寓看出去，市中心鳞次栉比的高楼大厦在盛夏的烈阳里摇摇曳曳，仿佛海市蜃楼。“就很神奇，”来真希家的路上，香织曾这样说，“孕妇之间好像有说不完的话。”

“该说她是完美主义吗？而且还以同样的标准来要求部下，大家只能跟着拼命。”

“确实，也有人说她巴不得什么事都亲力亲为。”

“这我倒不否认，”香织笑着端起滴着水珠的玻璃杯，一口气喝光了大麦茶，“所以才会到现在也放不下工作吧。”

“香织真的很厉害。我说不定没法像以前一样工作了——”

咣咚！洗碗槽又响起铁皮变形的声音，盖过了真希的话。腾腾热气显示素面已经煮好，泉正要起身帮忙——“啊，没事，这次我能自己搞定”。热气中传来太郎微弱的声音。

“真希肯定没问题的。”

“不好说。我只是会讲英语，并不是工作能力有多强，上司应该也心知肚明。所以我才会跳槽。生孩子正好是个重新考虑工作的好机会。反正我没有信心再像以前那样，把热情投注到工作上了。”

真希慢慢环视起房间，白色起居室的一角，堆着一箱箱尿不湿和婴儿湿纸巾，还有宝宝玩具。

“感觉香织带小孩也会跟工作一样，追求尽善尽美。”

真希重新打起精神笑了，泉也想转换气氛，连忙附和。

“确实，肯定很用心。”

“明明泉才是意外地爱斤斤计较。”

香织开着玩笑瞪了一眼泉，正好太郎端着满满一竹筛素面回来了。仔细一看，白色的面条里还混着几根粉色和绿色的。

小时候，每年夏天，家里都经常吃素面。泉负责煮面，母亲则用红薯炸天妇罗。上了桌后，泉会从竹筛里挑出彩色面条吃掉，剩下白色的就归母亲。

“从前明明更爱吃彩色面条呢。”

一旁的太郎看泉始终盯着面条，对他这样说道。自己那点儿心思被看穿，泉一时语塞。

“可是不知什么时候起，就更喜欢普通的白面条了。”

“太郎，你记得自己是什么时候变口味的吗？”

“完全不记得。”

太郎笑着打开印有鲣鱼插图的面汁，添进器皿里。

是男孩吗？是女孩！名字起好了吗？一点儿头绪都没有。让人算过笔画没？果然还是要算一算？最近我跟太郎一起去了育儿教室。哇，感觉如何？有些害臊，挺难为情的。那胎教呢，听古典乐了吗？在让宝宝听莫扎特之类的，不知道有没有用。

香织和真希聊得正欢，泉心不在焉地看着她们，心里却惦记起母亲。从“那一天”起，母亲似乎就下定决心过最普通的生活。百合子肯定是打定主意把儿子放在人生的中心，一路走到了今天。

可是现在她患了痴呆症，泉似乎再一次感到了来自母亲的拒绝。

香织和真希，还有一旁的太郎都在埋头吃面，没人再把素面往滑梯上放，而是直接从竹筛里夹着吃。餐桌上，只有流水素面机的马达在嗡嗡作响，剩下几根粉色面条在桶里游来游去。

车站前的花店已添了亮眼的鲜黄色。

“已经有向日葵了啊？”

香织伸手拿起三枝。

“我家就只插一枝。”

泉把其中两枝放回花桶。

百合子喜欢单插一枝花。“光看花就知道是什么季节，这多棒呀。”每次跟泉一起去买花时，她总会这么说。而参加完熟人婚礼拿花束回家时，她也一定会从中抽出一枝插进花瓶。

泉一手拿着向日葵走在坡道上，身边的香织挺着大肚子，不停用手帕擦着额头涌出的汗。刚才在车站泉本来提议叫出租，可香织说医生让她尽量多走路，结果就选择了步行。

在小学教室找到百合子的那天深夜，母亲发了高烧，到第二天也不见好转，而且不停咳嗽，最后只好叫救护车送进了医院。检查结果是染了肺炎，甚至一度恶化到陷入昏迷。泉于是决定提前休暑假，守在医院照顾她。入院大概一周后，母亲顺利康复出院。“肯定是有你这个儿子在身边，她才能这么快好起来。”出院时，一直负责照顾百合子的男护士拍着泉的肩膀，这样说道。

综合考虑医生的判断后，百合子还跟之前一样，住在自己家里，同时请家庭护理和去日托。自从母亲开始独自游荡，香织就一直担心她的身体，可是泉没法对她细说百合子的症状。毕竟眼看预产期越来越近，他不想给妻子增加精神上的负担。不过香织得知百合子出院后，还是提出想见个面，三人一起庆祝她康复。

“我回来了。”

泉打开门，百合子从屋里探出头来。一周不见，母亲的脸色比之前更好，眼神也很清醒，泉不由得松了口气。

“欢迎啊，劳烦你大老远过来，快请进。”一看来的还有香织，她连连招手，“哎呀，肚子都好大了。”

“身子太沉了，动一动都费劲。”

香织走进起居室，双手抱着圆滚滚的肚子。

“可不是呢。我怀泉的时候也胖了好多。成天喝可乐，都被医生骂了。”

“我是不停吃巧克力。”

“哎呀，小美久也是吗？”

“巧克力好不容易吃腻了，这下又抱着炸鸡不放。”

“没事，想吃就吃，”百合子挥着手笑道，“来，小美久，坐沙发。”

“妈。”

“泉，怎么了？”

“这不是美久……是香织。”

“咦，我叫错了？”

“嗯……”

“妈妈，我们买了蛋糕，您要吃吗？”

香织打开纸袋想转移话题。

“好啊吃蛋糕，我去泡红茶，还是你们想喝咖啡？不过家里只有速溶的……哎呀，花都谢了，我得去买新的。”

百合子脱下围裙就准备出门。

“不用了，妈，我们在车站买好了。”

泉指着摆在餐桌上的鲜花。

“哎呀，谢谢，好漂亮的向日葵。二阶堂动不动就感冒。”

“感冒？”

“啊……抱歉，医生让我多锻炼，可是一下子就累了！”

哈哈哈哈哈，百合子捂着嘴大笑起来。她笑啊笑，笑得浑身发颤，哈哈哈哈哈。

“行了妈，别吓我好吗？”

泉也跟着摆出笑脸，心里却直冒冷汗。身边的香织也面带微笑，却紧紧捂着隆起的肚皮。

“我就这么……脑子有毛病吗？”

百合子突然收起笑，面无表情地打开碗柜。她想拿放在内侧的碗，却一下子取不出来，餐具碰在一起，哗啦作响。

“怎么会……你想多了。”

泉看不下去，从百合子身边伸出手打算帮她拿碗，母亲却猛地大叫起来：

“别把我当傻瓜！”

百合子随手抓起饭碗和小碟子抱进怀里，摇摇晃晃地走起来。好几只抱不下的盘子滑落下去，随着闷响摔在地上。

“我不想走。”

“妈……你冷静一下。”

“因为我抛弃过你，所以你也要抛弃我吗？”

香织哑然地看着百合子歇斯底里的模样，抓紧了泉的胳膊。

“对不起……泉，我会很努力的。我哪儿都不去。我会洗衣扫地，会好好给你做饭。”百合子双手抱着餐具进了厨房，“你喜欢的芜菁味噌汤……我刚才煮了一大锅。”

味噌汤？泉心下奇怪。母亲独自在家时煤气阀都是关上的，她要怎么煮汤？泉跟着母亲走进厨房，炉灶上放着一口锅，他揭开盖子往里一看。

分售公寓、闲置品回收、一百九十八日元甩卖、更新弹珠台、兼职招聘……色彩斑斓的文字片段闯入眼帘。透明的清水里，装满了剪碎的传单。泉顿时无法呼吸，连忙盖上锅盖。香织坐在客厅沙发上和他四目相对，看来已经猜到发生了什么。

“味噌汤要趁热……”

母亲悄无声息，来到一旁打开冰箱，从里面哗啷哗啷拿出结霜的筷子，接着走到炉灶前，打开锅盖凝视起“味噌汤”。

“泉……对不起，都怪我抛弃了你……你很寂寞吧。”

“妈……过去的事不说了。”

“以后我每天都陪着你，永远和你在一起。希望你……原谅妈妈。”

百合子拿起汤勺，在锅里搅拌起来。传单浸泡在水里打着转，仿佛游动的鱼群。

他闻到了味噌汤的香气。

本不存在的气味钻进鼻腔，刺激着胃部。泉一阵恶心，连忙双手捂住嘴。“泉，你没事吧？”背后传来香织的声音。眼前，母亲还在默默搅拌锅里，就跟“那时候”一样。妈，别这样。泉忍不住作呕，捂住嘴冲进厕所呕吐起来。一直积存在肚子里的某种东西，从嘴里翻涌而出，流进苍白的马桶。

9

泉一头钻进自动门，仿佛在逃避喧嚣的蝉鸣。出了车站才走了五分来钟，他的衬衫已经汗湿，紧紧贴在背上。Vocaloid[1]机械化的歌声，混着朋克乐队弹奏的吉他声，取代蝉鸣闯进了耳朵。眼前是三面巨大的电视屏幕，正循环播放着唱片公司力捧的某歌手的MV。

屏幕旁并排坐着两名前台女接待，看起来就像双胞胎。和泉对上眼后，二人一起笑着冲他一鞠躬。泉习惯了自家前台眼盯电脑、不打招呼的态度，反而一时失措别开了脸。同样是唱片公司，接待却天差地别，泉不禁担心起自家公司的形象来。

眼下有个跨厂牌的音乐组合项目，他今天是来对方公司商谈合作事宜的。已经到了约好的时间，永井还不见人影。好在对方也有会耽搁了，于是女接待把泉带到了二楼的咖啡厅休息。

宽敞的窗户外，能看到深绿色的森林，想必正有无数知了在树木间争鸣。店员拿出菜单让他点单。最上方是热带水果汁的照片，应该是每月更新的“推荐饮料”。到底什么人会喝这么鲜艳的饮料？泉盯着照片，犹豫着想试一试。不过店员一声“点好了吗”让他乱了阵脚，最后只要了普通饮料。

泉叼着吸管，喝起了冰咖啡。塑料杯里的棕褐色液体一口气少掉一半，他这才深深缓过口气来。汗总算止住了。傍晚时分，咖啡厅里挤满了挂着工作证敲笔记本电脑的公司职员，还有正在

1.Vocaloid，雅马哈公司开发的电子音乐制作语音合成软件，催生出了初音未来等虚拟偶像。

谈话的来客。泉无意间看向入口，只见永井正东张西望地找他。泉举起手，永井单手合十似的摆到面前，说了声：“不好意思，来晚了。”

“涩谷的大屏幕在放了，确实醒目。”

泉滋滋地喝光剩下的冰咖啡。

“什么醒目？”

等永井入座后，店员轻轻把马克杯放到他跟前，满满的咖啡看着像要洒到外面。

“哎，当然是ONGAKU的MV了。”

“砸了那么多钱，不管口碑如何吧，起码吸引眼球。”

“你好意思说。”

泉苦笑着敲了敲永井的运动帽，帽檐滑下来遮住他的眼睛。“抱歉啦。”永井勾起嘴角笑道。

直到ONGAKU的MV开拍前两天，才曝出来制作费超出预算近一倍。泉之前就有不祥的预感，反复跟永井确认进度，可每次他都说正在跟制作公司调整，导演也保证能控制在预算范围内。直到制作公司把电话打到泉这里，哭诉说预算完全不够用，这才露了馅。

前所未有的超额花销把大泽部长气得发狂，命令泉立刻停止制作。“谁来负这个责任！”大泽破口大骂，丝毫没觉得跟自己有关。那时候母亲刚开始独自游荡，泉是恨不得停止制作，好减轻些负担。然而，他还是选择了推进永井的项目。永井拿来的分镜，有他多年未见过的魄力。泉进这家公司后学到了一个道理：越是扭曲的东西，越能一夜爆红。

泉以削减制作费为前提说服了大泽，又跟制作公司交涉压缩了开销。虽然泉和永井都因为管理不善被罚写检查，不过完成后的MV终究不负导演的鬼才之名，把ONGAKU的世界观升华成了一部幻想巨作——在布景中的涩谷站前十字路口[1]演奏的ONGAKU。当他们的乐器中飞出旋律，狂风、惊雷、海啸接连侵袭涩谷。奇异的影像成为网上热议的话题，MV发布一周内就获得超百万播放量，ONGAKU一炮而红。

“现在播放量有多少，视频网站上？”

“今早我看已经超过三百万了。”

“这么强。”

“不过田名部气得不轻。今早她还质问大泽部长，难道结果好就行了吗？真是头疼。”

永井勾着嘴角从连帽衫口袋里掏出手机，看他盯着青白色屏幕的样子，倒丝毫不像在头疼。

“大泽部长怎么说？”

“他说，是无所谓啊，大卖就行。”

“不愧是部长。”

“可不。不过田名部听了更是火冒三丈，两人在办公室里吵得天翻地覆。他俩啊，无时无刻不在打情骂俏，感情真好。”

永井说起话来口无遮拦。不过泉并不反感他的措辞，反像是借他之口，说出了自己不好开口的心里话。

“今后还有的受啊。”

“要是分手了也麻烦，我倒宁愿他俩感情一直好。”

---

1. 涩谷站前十字路口，这里是日本涩谷人流量最密集的地方，是现代日本都市生活的象征。

“确实。不过下支MV怎么办，还是找这次的导演？”

“不了，我可不想再跟鬼才先生打交道，太累人……这次长教训了。泉先生也累得不轻吧？”

泉本想讽刺一句：大半还不是给你收拾烂摊子？然而却见眼前的永井十分严肃。帽檐之下，内双的眼睛定定地看着泉。

“阿姨……还好吗？”

泉跟同事说了百合子的病情。因为视情况，他可能要连休好几天，或者要早退。百合子肺炎住院时，他也实话实说请了假。田名部表示了同情，反而是永井一脸事不关己什么也没说，不过倒是后者让泉更轻松。

“干吗啊永井？突然问这个……”

对方关心自己的母亲，泉的反应恐怕并不恰当。可是永井突然一脸认真，这让他没法像平时一样作答。

“其实吧……我奶奶也是痴呆症，很要命。小时候她很疼我，后来工作了就疏远了。等我去看她的时候，就已经病得相当重了。”

“阿尔茨海默病吗？”

“是额颞叶痴呆症。她十分抵触家庭护理，经常出口伤人或者暴饮暴食，还到处乱走。你夫人也在工作，所以我想会不会很辛苦。”

耳边再次响起蝉鸣，泉不由得环顾四周。刚才还坐满了人的咖啡厅，此刻已经冷冷清清。

“其实，我妈曾经抛弃过我。”

去百合子家的那天晚上，泉躺在床上对香织这样说道。

“那是我上初中的时候，初一前后。”

香织应该已经睡着了，可泉还是忍不住朝她倾诉。路灯的光透过遮光窗帘的缝隙钻进来，在卧室天花板上画出青白的线条。

“我猜也是。”

身边响起香织的声音。

“因为你们这对母子，有点儿不寻常。”

“不寻常吗？”

“嗯，而且是很不寻常。说不清你们到底是亲密还是疏远。”

“这样啊。我自己也说不清。”

香织的敏锐让泉既惊讶又安心。反观自己总是最后一个才知道真相，难怪总被人说太迟钝。

“我不是不能理解她的心情。一直都只有母子二人，肯定会有想逃离的冲动。我一想到今后的事，也会时不时感到不安。”

她就像对着天花板上的青白线条说话似的。窗外忽然传来摩托声，乳白色的光从青白线条上划过。

“那你妈妈，你怎么打算？”

永井稍稍抬高的音量把泉拉回现实。

“是啊。”泉叹着气回道。

“我工作也不能总请假，而且马上要有小孩了。”

泉用吸管吸起塑料杯里溶化的冰水，残留着咖啡的淡褐色液体有种石灰味。

“现在好的疗养院很难找，我奶奶也排了好久的队，结果刚住进去就得肺炎死了。你那边怎么样？”

“这个嘛……其实昨天已经找好了。”

“不是吧？”永井怪叫一声，小心翼翼地喝了口快溢出的咖啡，“哪儿的门路？”

“纯粹是运气好。”

昨天中午，泉正在排队的疗养院打来电话，院长告诉他：“葛西先生，有空位了。”泉惊讶得说不出话，对方接着问：“令堂打算什么时候搬过来？”

那次带香织去了母亲家后，二人决定把百合子送进疗养院。香织本来还考虑在余下的日子里和婆婆住在一起，可是亲眼看到百合子的状态后，她只能同意泉的意见。香织也找了有护理经验的朋友商量。考虑到即将出生的宝宝也需要照顾，她意识到确实难以兼顾婆婆的护理。

周末，泉挨个走访了百合子家附近的疗养机构，可是没有一家能让他放心把母亲送进去。他无法接受百合子像疗养院里那些老年痴呆症患者一样，成天坐在轮椅上看电视。

二阶堂得知泉的苦恼后说：“我知道有个好地方。”并为他介绍了一座靠海的小型疗养机构。“院长是位有趣的女士，带着女儿一起经营这家小规模疗养院。她们整体理念比较诙谐，口碑很好。而且离海近，风景也非常漂亮。”

坐电车二十分钟左右到最近的车站，然后再搭十分钟出租车，就能看到由一大栋民宅改造而成的集体疗养院。一位矮个的中年妇女在门口迎接泉，她长着一张娃娃脸。一旁是她的女儿，长相如出一辙，但要高出一头。“欢迎光临，我是滨海疗养院的院长观月。”“娃娃脸”笑着把泉领进门。

泉飞快地介绍了自家的情况：母亲患上痴呆症，开始独自游荡；他在东京忙工作，妻子也临近分娩；看了很多疗养院，可是都不合心意。观月和女儿坐在对面的沙发上，边听边适时地点点头。想必她们已经司空见惯了吧？两人的目光似乎在说：没事的。不时有拄着拐的男性从泉跟前穿过，也有女性弯腰坐到观月和女儿之间，观月却毫不在意，继续和泉交谈。

“葛西先生，您爱去星巴克或者罗多伦咖啡[1]吗？”

“对……经常去。”泉不明白问题的目的，答得有些心虚。

“那您能在店里待上七八个小时吗？”

“肯定待不了这么久。”

“是啊，就连健康人也很难始终待在同一个地方。”

一只吉娃娃躺在窗外的院子里，烤着暖烘烘的太阳打着呼。据说它是去年入住的老人带来的，就这么养在疗养院里。“老爷爷老奶奶们一起照顾它。大家喂得太多，它都胖了一大圈。”观月笑得眉心都是皱纹。

“请想象一下，如果四周都是油毡地板和水泥白墙，所有人都围着小电视，用塑料餐具吃饭。”

“啊……”

“葛西先生，如果让您住在这种地方，您能待几天？”

“这个……不好说。”

“我理解不同疗养院有各自的方针，还要考虑费用和效率。我并不是要否定他们。不过换成是我，如果是这种环境，恐怕半天都受不了。肯定会想逃出去吧。如果连来探望的家属都不愿意久留，那痴呆症患者肯定更不能安心长住。所以他们才总想跑出去。为了防止患者逃跑，就得把门一扇扇紧锁起来。结果大家就

1. 罗多伦咖啡（Doutor Coffee），日本门店数量第一的本地咖啡品牌。

更想逃了。于是言辞会粗暴起来，甚至会有暴力行为。这些都是在情理之中。”

“住在这儿的都是痴呆症患者吗？”

一些住户正围着餐桌，边讨论晚饭吃什么边给菜豆去筋，怎么看都不像脑部患有疾病的样子。还有一位女性正坐在窗边的旧摇椅上，灵巧地用针编着蕾丝。

“全都是。就算失去判断和记事的能力，人依然会记得做事的顺序。所以哪怕忘了名字，照样可以做饭做手工。这里手脚能接触到的，眼睛能看得到的，几乎都是用了木材、布料这类自然材料。我们想尽量避免大家的身体接收到冰冷的信号。虽然窗户和门都没上锁，却几乎没有住户逃走。表现的症状，大多是独自游荡和暴力行为。虽然痴呆症治愈的可能性十分渺茫，但我们可以尽量减少压力来源，从而抑制病情。这是我个人的想法。”

泉发现起居室一角放着一架黑色立式钢琴。虽然很旧，但看得出受到了精心保养。看到泉盯着钢琴挪不开眼，观月身边一直没说话的女儿开了口：

“那是住户带来的。主人已经过世，琴就留给了我们。”

泉看着白色阳光照射下的钢琴，第一次感觉终于找到了母亲应该生活的地方。母亲最后的居所，应当有音乐陪伴。不过同时，他也心里一沉。如此优越的环境，肯定多的是人排队。“等多久能住进来？”泉急切地问。

“现在都是长期住户，有的已经来了超过十年，排队的也很多。最久可能要等五年以上。”

观月的话让泉大为失望，不过这也是在情理之中。只是他等不了五年。估计只能另找地方了。泉带着买彩票的心情，让观月把自己的名字加到了长串名单的末尾。

“很遗憾，有三位住户接连过世了。”

泉接到观月的电话，忍不住问到底发生了什么奇迹，结果得到了这个答案。还说滨海疗养院的长年住户离世的时候也很突然，而且一个月里接连腾出空位。院方赶紧联系了在排队的家属，结果要么患者已经过世，要么就已经找到了住处。

泉表示下个月初就让百合子入住，随后又电话联系了二阶堂。就这样，他一下子拿到了名额。

“太好了，泉先生。”

永井摆弄着手机嘀咕道。他的拇指动得飞快，可能是在回什么消息。

“你这是客套话吧？”

“是心里话。”永井答道，可眼睛始终盯着手机屏幕。大概半年前泉就发现，永井在说真心话时，一定会紧盯手机或笔记本屏幕。他不是目中无人，只是在掩饰害羞。

“说真的。我会连你的份儿一起加油。真的。”

“那就靠你了。”泉笑了。正好这时女接待过来找他们。距离约好的时间已经过去了二十分钟，总算是等到了。泉叹了口气，站起身。

“泉先生。”

泉闻声回头，永井正脱下帽子看着他。

“我一直……想对你说。”

“说啥？”

“ONGAKU的MV，真的给你添麻烦了……我一开始就知道，制作费肯定会超标，我已经做好被炒鱿鱼的准备了。”

永井深深埋下头，他跟前的咖啡几乎没怎么动。

“可是，如果永远只是按部就班，做些中规中矩的东西，像我这种人肯定得不到承认。我本来就嘴笨，处不好人际关系，也安排不好工作，只能靠作品来获取认同……是我太乱来了。”

泉一时语塞，不知说什么好。色彩斑斓的玻璃杯从他跟前划过，杯里画着从鲜红到橘黄的渐变波浪。四位女职员人手一杯热带水果汁，大块菠萝配上通红的樱桃，躺在一片暮色之上。

“泉先生，真的谢谢你让我做完这支MV。我会尽量不给你添麻烦。我也会努力帮你减轻负担。奶奶的事，我一直很后悔。我什么都不知道，她就痴呆了，就把我忘了。奶奶到底是个什么样的人，我都还没了解清楚，她就不在了。所以，请你多留点儿时间陪阿姨吧。”

10

夏日烈阳映照着水面，铺出一条粼粼的光带。

“看，是大海。”泉降下出租车窗，对百合子说道。

海潮的气息扑面而来，百合子悠悠看着窗外，眯起眼睛说：“真漂亮。”

“每次看到大海，我都会想起那条大鱼。”

泉感受着迎面的海风说道。

“大鱼？”

百合子收回眺望大海的视线，看向泉。

“我还是小学生的时候，第一次钓到的鱼。”

“想起来了，泉钓了好大一条鱼。”

“没错。当时完全没有心理准备，只是挂上鱼饵往海里一扔，居然就有鱼上钩，我拼了命转绕线轮呢。”

泉摇着右手比画起来。

“好像是三十厘米的大家伙吧？”

百合子张开双手。

“后来又去钓过好多回，结果从没破过第一次的纪录。”

“你凡事都是第一次运气好。像是第一次抽奖中了自行车，第一次运动会跑了第一名。啊，不过你说错了。”

“什么错了？”

“不是海边，那条鱼是在湖里钓的。”

百合子看着泉的眼睛说道。今天母亲难得状态不错，说话也有条有理，听起来完全是母子间再普通不过的对话。要不是出租车司机知道目的地，肯定不会想到百合子有痴呆症。

“妈妈，就是海边，我记得很清楚。”

“我还能说出那个湖的名字呢，还有我们住的是哪家民宿。你钓起来的是虹鳟，带回民宿用盐烤着吃了，你还边吃边说‘真好吃’‘真好吃’呢。你不记得啦？”

经母亲这么一说，又好像确实是在湖里了。泉记得那天坐在手划的小船上，钓起了一条大鱼。小船剧烈的晃动，烤鱼过浓的咸味，都异常清晰起来。看来母亲才是对的。

百合子被诊断出阿尔茨海默病之后，泉就经常跟她聊过去。他回忆起从记事起和百合子共度的每一次经历，再把往事一件一件讲给她听。母亲的病情在逐渐恶化，或许泉潜意识里希望，能借此尽量维系住她的记忆。

每晚缠着母亲给他念的圆角怪兽和少年的绘本，黄油和白糖煮的甜水胡萝卜，一只倒车镜被弄丢的蓝色玩具车，院子里还没收成就被虫蛀的小番茄，擅长绘画总是在画漫画的同学，直到小学毕业都没舍得扔掉的毛绒熊猫。就像他把湖记错成海一样，基本都是母亲的记忆正确，而泉的记忆被纠正。甜水煮的是南瓜不是胡萝卜，玩具车是红色的。

母亲走在忘却之路上，却记得那么多。泉总是为百合子鲜明的记忆深感震惊。每次被母亲纠正，他就会意识到，自己的回忆是多么含糊，多大程度上被修改美化了。

泉不经意间看了眼母亲的手，发现她正捏着一只花朵图案的小袋子。

没记错的话，这是泉初一那年元旦送给百合子的生日礼物。母亲非常喜欢，每天都放在提包里随身携带。二十多年过去了，袋子早已褪色，不过一点儿褶皱或污渍都没有，还很漂亮。

“妈妈，你还留着这个啊？”

泉指着小袋子。

“这是我的宝贝。”

百合子苍白的手抚摸着袋子。

泉刚上高中时，袋子被百合子弄丢过一次。到底掉哪儿了呢？母亲刷白着脸在家里翻来找去。之后五天，百合子每天都去岗亭，在家和车站之间往返了不知道多少趟，可是怎么也找不着。“对不起，泉，你这么用心帮我选的。”“没事，妈妈，我再给你买个新的。”

泉并没往心里去，可百合子却大受打击病倒了。泉正不知该如何是好，警察打来了电话："您家丢的袋子在公交站旁找到了，请过来认领。"

二人急忙赶到岗亭，母亲从警察那里接过袋子，白皙纤细的手指攥得死紧。"我再也不会离手了。"不知道那些花朵图案里到底装了什么。说起来，泉还一次也没见过袋子里的东西。现在某种诱惑驱使着他，想悄悄打开来一探究竟。

出租车从沿海公路驶进匝道，挡风玻璃前出现一座瓦顶的旧民宅，那里将成为今后母亲的家。邻座的百合子只是凝视着前方。或许是有些紧张吧。她牢牢握着袋子，双手似乎在微微发抖。泉突然有种错觉，似乎自己要抛弃母亲了。"周末我会来看你的。"明明没人问，他却忍不住想为自己开脱。"不用了，你工作忙，又要有小宝宝了，还是多陪陪香织。"百合子仿佛看透了泉的心思，温柔地笑了。

观月和女儿正在滨海疗养院门口等他们。泉从出租车后备厢里取出行李，打开拉门搬了进去。"这里是厕所，这边可以洗澡。那头是员工的房间，对面的餐桌是大家一起吃饭的地方。"观月女儿慢慢踩着木地板带路。"这儿是厕所，这儿能洗澡……"百合子跟在她身后，一路用手指着确认，萎缩的背影不停左转右转。

踏上嘎吱作响的木楼梯，百合子被领着去见各个房间的住户。"幸会，我是葛西百合子，今后请多关照。"有的住户病情已相当严重，话也不回，不过母亲还是礼貌地挨个问候，分发了带来的饼干。

"这里就是葛西太太的房间。"

观月女儿带他们来到二楼尽头的房间。拉开窗帘，下面是一片农田，田里种着萝卜，远处可以看到深蓝色的海面。

“葛西太太运气很好，只有这间房能看得到海。”迟来一步的观月笑道。

“只有这间……”百合子回味一番，终于安心地露出笑脸。

旅行袋里装着少量换洗衣物，以及细颈的小花瓶，再就是化妆品和牙刷，还有便携收音机和吹风机之类的小电器。把这些东西取出来，在六张榻榻米大的房间里各就各位，入住准备就算完成了。简单地搬好家后，泉跟百合子并排坐在床沿，默默眺望着远处盛夏的大海。人随身携带的东西，或许是跟记忆成正比的。越是临近死亡，必要的东西就越是一件件减少。

观月介绍完滨海疗养院的日常生活，一行人走出大门，海面已是夕阳西照。百合子和观月一起在玄关，陪泉等出租车。

“今后就麻烦你们了。”

出租车现身在道路尽头的瞬间，百合子凛然看向观月和泉，深深低头，露出白发覆盖的后颈。

“我们才是，要请您多多关照了，葛西太太。”观月笑着拉过百合子的胳膊，“泉先生也欢迎随时来玩！”

“谢谢……我会来的。”

泉轻声应道，眼睛依然盯着由远而近的黄色汽车，不敢看向母亲。

他逃也似的钻进出租车，告诉司机去车站。关门的同时，只见百合子翕动嘴角，似乎想对他说什么。可是泉还没听清，车已启动。他看着后视镜里百合子越来越小的身影，耳边仿佛传来母亲刚才的话——

记着，帮我买花。

炉灶下堆着烧焦的锅，胡乱叠放的餐具，装在纸袋里的点心。泉回到没了主人的小房子，收拾起百合子的东西。密封在容器里的萝卜干和红烧肉塞满了冰箱，泉一边扔一边回想迄今为止吃了多少次母亲做的饭菜。他意识到自己再也吃不到了，久久地盯着垃圾袋里溶去的剩菜发呆。

泉收拾完厨房来到厕所，把大量囤积的洗发露、洗涤剂和肥皂堆在了一起。他本打算带回去，不过转念一想，家里即将有新生命诞生，不太适合放这些东西，于是最后还是全扔了。荒芜的院子，乱七八糟的鞋柜，塞满杂物的壁橱。泉有些心虚，感觉像擅自闯入了百合子的生活，可是他更不愿意交给别人来做。在家里收拾了半天，也没发现旧相簿或是他小时候的照片。后来他才想起来，这些早都已经扔了。“那一天”，泉怀着一种心死的念头，把家里所有照片都扔进了垃圾桶。

不知不觉，天已转暗。泉瞥着成排居民楼里亮起的窗户，开始整理书架。书架上都是百合子爱看的推理小说——阿加莎·克里斯蒂、埃勒里·奎因、阿瑟·柯南·道尔。各种文库本后面，排着纽约、伦敦、印度，还有土耳其的旅游指南，都很旧了。这倒很神奇。要知道，母亲几乎没出国旅游过。真没想到会在书架里发现母亲深藏的愿望。

自己的东西泉几乎都处理了，像是时尚杂志或是音乐杂志，外语CD和小规模放映的电影DVD等。然而母亲的书，他一本也舍不得扔。今后百合子恐怕也不会再有看推理小说或是旅游指南的那一天了。可如果现在就扔，就好像母亲也要远去了似的。

书架顶上是家电说明书和保修卡，还有贺年卡和书信，杂乱地堆在一起。泉一样样拿下来，分门别类地整理好，这时，一叠撕碎的纸片掉了下来。

上面写满小字，全是再熟悉不过的母亲的字。

葛西百合子。

一月一日生。

儿子名叫泉，喜欢吃甜玉子烧和牛肉烩饭，在唱片公司工作。二阶堂护理十点钟来。别买吐司了。小美久的钢琴课已经停了。儿媳名叫香织。记得买花。厕所在卧室旁边。晚饭已经吃过了。不要给泉添麻烦。要一个人好好活下去。送婴儿服做礼物。要买灯泡、五号电池和牙粉。

怎么就成了这样呢？

泉，对不起。

纸上密密麻麻的一个一个片段，全是百合子竭力挽留的记忆。“这儿是厕所，这儿能洗澡……”耳边响起母亲在滨海疗养院一次又一次的复述。脑海里浮现出后视镜里逐渐缩小的身影。母亲站在疗养院门口，一脸不安地目送自己远去。

纸片滑落在地，被扑簌的水滴打湿。悔恨，愧疚，忍不住地呜咽。对不起，妈妈。你一直一个人在受苦啊。我什么都没察觉，对不起。泉没有擦夺眶而出的泪，只是颤抖着捡起一张一张的纸片。

最后，他打开了一个放在最下层抽屉深处的盒子。

盒里装着一条他没见过的珍珠吊坠的项链，还有两本日记——一九九四和一九九五。

日记的黑色封皮上只写着年份，设计十分朴素，像是中年男性用的笔记本，似乎是刻意低调。泉哗啦哗啦地翻了翻，一九九四年那本几乎每天都有记录，相反一九九五年只有年初那几天，余下都是白纸。

泉又闻到了味噌汤的气味，不由得捂住口鼻。

百合子突然就不见了。那是泉要上初二那年，四月里一个飘雪的日子。早上，母亲像平常一样做了早饭，说要出趟门，结果就再没回来。

那一天，泉被母亲抛弃了。

泉翻着日记，记忆逐渐复苏。这是他拼命忘掉的回忆，是泉和百合子之间“被删去”的一年。

四月三日

“太太，行李放那儿行吗？”

听到这话我不禁支吾起来。还没来得及回答，踩着鞋后跟的高大的搬家工人已经脱下帆布鞋，大步跨进了门槛。他就像一头戴着手套的熊，一次性抱着两只沉甸甸的大箱子。白色T恤袖子挽到肩头，露出胀鼓鼓的肌肉。

“放这边。”我哑着嗓子指向卧室。瓦楞箱就像积木似的重重叠叠，三趟往返之后，行李就搬完了。

对方拿出完工单让我签名，我不太熟练地写下了“浅叶”二字。浅叶正在起居室，和电视机的配线展开恶战。

搬家公司离开后，浅叶嘟囔着不怎么擅长做这种事。“你还是理科生呢。”我打趣道。浅叶不好意思地笑了。我非常喜欢他的笑容，就像小孩子一样，笑得脸皱成一团。

面朝铁路的小卧室，兼作饭厅的起居室，一共就两个房间，开着吸尘器不一会儿就打扫完了。住惯了独栋房屋，没想到公寓打扫起来这么轻松。

“能看了！”浅叶喊我过去。

起居室的一角，电视上正放着晚间新闻，地方台的陌生主持人正在播报美国东南部遭遇台风的新闻。灰色的龙卷风把农舍的铁皮屋顶整个掀起来，卷上了高空。

我和浅叶一起去了站前的超市。

晚饭吃什么好呢？姜汁烧肉、土豆烧肉、味噌青花鱼，要不再来个手卷寿司？

今晚是我第一次为浅叶做饭。蔬菜、肉、鱼……我们你一言我一语地商量着，看到什么都往购物篮里放。浅叶先一步走在前面，购物篮里是大瓶酱油、袋装米、味噌、盐，还有黄油。

那时候我才意识到，今后的每一天我都会为他做饭，一起睡觉，再一起醒来。简直像做梦，毫无现实感。只有沉甸甸的篮子里堆满的食材告诉我，这一切都是真的。

我们双手提满塑料袋，一起沿着铁路往回走。天已经黑了，呼出的气息泛着白，入夜后还有些冷。

“百合子，能陪我去个地方吗？”

他停下来，提着塑料袋指向前方。

那是家小小的书店，突兀地出现在铁架桥下。老旧的红色塑料屋檐下，漏出电灯的亮光。

打开玻璃门，轻轻走进书店，店里虽小却干净整洁，也没有旧书店常带的霉臭。书架数量不多，不过看得出经过精心挑选，无论小说还是杂志都值得一读。

收拾齐整的书架对面，一位老婆婆正独坐在收银台前。有收音机的响声微弱地传来。是店主吗？她驼着背一动不动，就像摆设似的，好像店里来了客人也没察觉。不过我有种感觉，似乎正是因为有她在，这里才足以成为书店。

浅叶围着书架逛了差不多两圈，挑出了两本文库本，都是历史小说。他展示着刚选的书，自嘲地说是不是像个大叔。

薄唇之间，能看到洁白的牙齿。他整个人都很白，脸蛋白皙光滑，双手更白得透明，从手背到指尖的血管都清晰可见。

他有些驼背，但还是比我高出一头，四肢也纤细修长。他总是穿着灰西装，休息日也是白衬衫套夹克。

他以前说过，自己的品位不太好，又不想在衣服上伤脑筋，所以总是沿用学生服的样式打扮自己。

他确实有“像大叔”的地方。说不定这就是我能安心和他在一起的原因。

“百合子，你看上什么一起买。”虽然浅叶这样说，可我并没有特别想读的书，于是拿起了收银台前的笔记本。

人造皮的黑色封面上只印着年份。

我买了这本“像大叔”的日记本。这样应该不显眼吧。好不容易开始二人生活，绝不能让任何人知道。

四月四日

浅叶去工作了。

开学典礼后，他要跟大学的教授们商量新学年的排课。

我打开旅行包，拿出内衣、几件衬衫和连衣裙，还有薄外套，放进壁橱里的衣箱，我的行李就算收拾完了。其他东西，像是书和乐谱，甚至首饰和化妆品，我都一样没带。钢琴也好，学生也好，我最宝贝的东西都留在了那个家里。

我从堆积如山的纸箱里，一件件拿出浅叶的衣物。我闻到一种甘甜的气味，是他的味道。真想抱紧他。他才出门不到一个小时，我就已经开始想他了。他要是知道了，会不会觉得肉麻呢？

最下面的纸箱里，装满了船舶方面的论文和专业书。我按大小摆进了靠墙的书柜里。

书堆里夹着一张CD，是弗拉基米尔·霍洛维茨[1]的专辑，里面有舒曼的钢琴曲。这是刚认识不久时我推荐给他的。原来他真的买了啊！我心里不由得喜滋滋的。

我很喜欢霍洛维茨，他的钢琴就像歌唱一样，不受制于乐谱，而是自由变换节奏；然而又能做到强韧和缥缈共存，总让我印象深刻。我就只会按部就班地照着谱子来，所以一直非常崇拜他。

---

1. 弗拉基米尔·萨莫伊洛维奇·霍洛维茨（1903—1989），美籍俄罗斯人，最负盛名的钢琴家之一，共获二十四个格莱美奖。

如今想来，上次写日记还是高中最后一个暑假。

那时候我真的只有三分钟热情。而且明明是写日记，却总在意别人的评价，累得很，所以几天就不写了。

从那以后我就再没起过写日记的念头。光是活着就已经精疲力竭了。虽然也感觉遗忘了很多宝贵的回忆，不过记不起来的东西，恐怕本来也没那么重要。

可是现在，我只想把所有东西都记下来。我看到的，感受到的，都想找个地方保存起来。浅叶细长的眉眼，低沉柔和的嗓音，纤长的手指触摸耳朵的习惯，我要全部记录在这里。

四月五日

刚在小阳台晾好洗净的衣服，就突然下起了雨。

没别的地方能晾，只好收回房间，盯着吊在晾衣夹上的袜子发呆。

我的袜子和浅叶的交错着挂在一起。原来我俩的脚大小差这么多啊！这是个新发现。

从五楼的窗户望出去，能看到高架上行驶的轻轨。车身是奶油色和朱红色的，像玩具车一样，非常可爱。车站前的车库里，停着两列轻轨，一边坚守岗位等待出车，一边淋着雨。

遇到浅叶的那一天，也在下雨。

那是周六傍晚，我上完优子小妹妹的课，正独自眺望着打在窗上的雨滴。得去买晚饭的食材了，可是雨势太猛，我实在不想出门。

这时候，他来了。一身淋湿的灰西装，面带羞涩地说：“我想学钢琴。我朋友要结婚了，我想在婚礼上助个兴。”

他在隔壁车站附近的大学工作，住在坡道上的居民楼里。每次从我家门前经过，他都会被招牌吸引，凝神听起钢琴。

“你想弹什么曲子？”

我问道。他说喜欢舒曼。多数人都会回答肖邦或者莫扎特，很少有人喜欢舒曼，而我也是少数派之一。难逢知己，我欣喜地打开了话匣。

“你知道吗？舒曼的曲子都是写给心爱之人的。”

“是钢琴家克拉拉吧？”浅叶立即回答，“舒曼作的曲子就是献给她的情书。”

“很浪漫的故事，最后还有情人终成眷属。你最喜欢哪首呢？”

“《梦幻曲》。”

浅叶依然答得干脆，我也笑着表示赞同，说不定声音都有些激动。

“《童年情景》第七首，也是我最喜欢的曲子。那你知道这支曲子的由来吗？”

“应该是写给自己的孩子们吧？”

“通常来说都会这么想。”听我这样说，他显得有些困惑，紧盯着我，好像在催我往下说。“舒曼作这支曲子，是在和克拉拉结婚之前。克拉拉的父亲强烈反对他们的婚事，所以舒曼一直悄悄给她写信。某次克拉拉回信说：‘你有时候就像小孩子。’他受了这句话启发，才有了《童年情景》。”

浅叶就像发现宝藏的少年，咧开嘴笑了。

“他作的曲子总是为了克拉拉啊。”

浅叶说着做了个弹琴的手势。左手的无名指上，一枚崭新的银色戒指闪闪发光。

之后每周六傍晚，他都会来练《梦幻曲》。

朋友的婚礼是在三个月后，所以我只教他这一首，只求到时能弹得熟练。他的手指修长，又很灵活，很快就弹得得心应手。据说他买了电子琴，在家也一直练。他应该是个一丝不苟的人吧。而且他真心喜欢钢琴，这比什么都让我开心。

说起来，我的家里一直都有钢琴。从小到大，三角钢琴就没离开过起居室。

现在，这个小小的房间里没有钢琴，我却一点儿也不寂寞。

四月六日

浅叶的课排好了。

据他说，基本是每天九点开始上课，下午五点结束。

周四是十一点开始，周三是下午三点结束。

“每天早晚都可以一起吃饭呢。”

他抢先说出了我的心声。

傍晚，我挨个洗着刚买的餐具，然后放进厨房一旁的玻璃柜里。

我看着成双成对排在一起的杯子盘子，心里无比雀跃。

今晚就吃炖牛肉吧。

四月十一日

浅叶去学校了，我决定在附近散个步。

紧挨着公寓是一条涓涓小河，飘零的樱花花瓣仿佛粉色绒毯。

远方青山连绵，反方向是一片汪洋。依山傍海的舒缓斜坡上，就是这座小镇坐落的地方。

向靠海的一侧望去，一个个大型酒窖鳞次栉比。仙鹤展翅的商标，在电视广告上也经常看到。这里或许是发源地吧。

从最近的车站沿河登上缓坡，那里有一座古老的礼堂。淡褐色的建筑物顶上有个瞭望台，就像戴着一顶圆帽。

时间正好是中午，于是我在地下的旧食堂吃了午饭。

浓稠的多蜜酱汁上，鲜黄的蛋包饭热气腾腾。厨房里的老爷子告诉我，这是这个食堂传承了六十年有余的招牌菜。多蜜酱汁的香甜，番茄酱的酸味，混着鸡蛋的醇厚，在嘴里一齐融化。我着迷地动着勺子，转眼就一扫而空，甚至连玻璃杯里的水也一饮而尽。味道太棒了。下次要带浅叶一起来尝尝。

真想带他来吃。我越想越迫不及待，回过神来人已经上了去大学的电车。从这儿到大学有五站，不过这条线路站与站之间很短，才十分钟出头就到站了。

出站向海边步行五分钟，巨大的高架对面就是大学校园，成群结队的学生正涌出校门。想到自己一把岁数了还专程来找他，我突然害臊起来，赶紧埋着头穿过校门。

我躲着保安，悄悄溜进了校园。

白色教学楼的屋顶上建着银光闪闪的天文台。每栋教学楼都有差不多三层楼高，楼外各有木质长椅，却没坐着学生。

穿过教学楼，就看到了操场。褐色的红土充满了视野。足球、田径、橄榄球……正在进行社团活动的学生尽情奔跑，然而操场空间看起来还是绰绰有余。

红褐色的对面有一座小小的港口，停着一艘无瑕的白船。

这次任教的大学啊，有艘大船。

我忽然想起，浅叶曾这样兴冲冲地跟我说过。

四月十二日

昨天的后续。

我坐在操场的长椅上，久久注视着白船。

有朝一日，浅叶会不会乘上这艘船出海呢？他的目的地会是亚洲还是欧洲？抑或是非洲？我想象着，莫名地寂寞起来。寂寞，总是不肯轻易放过我。

不知不觉，天色开始转暗。

“百合子，你来啦？”

身后传来柔和的低音。我回过头，浅叶正看着我。

“我正好下课，刚出教学楼就看到个熟悉的背影，吓我一跳。”

浅叶笑着坐到我身边。在这块陌生的土地，我们都稍稍大胆起来。

“你怎么会想到研究船的？”

我和浅叶坐在一起看着白船，突然想起长久以来的疑问。

“我本来是想当建筑家的。”浅叶稍稍沉思后才开了口，“不过没考上，只好进了工科，这才研究起船。我本来就喜欢交通工具，尤其是船。因为汽车这些可以量产，船却像房子一样，要一艘一艘地造。”

只要聊起工作，浅叶的语速就会变快。肯定是急着分享自己的喜悦吧。不知他本人有没有发现。

“发明飞机是一九〇三年，汽车是一七六九年，但五千年前就已经有船了。古埃及人就用船在尼罗河上运石头，江户城和大阪城修墙用的石块也是靠船运输的。”

我也喜欢船，光是在海边看就怎么也看不腻，我附和着说道。浅叶的语速更快了：

“从我研究的流体力学来看，船的螺旋桨非常重要。只要形状稍做改变，就能节省油耗。不过这是永无止境的研究。毕竟流体力学的基本原理纳维-斯托克斯方程，直到现在也没人能求解。”

浅叶一口气说完，短暂地陷入沉默。我什么也不说，只是静静盯着他，有些故意逗他的意思。

于是他苦笑起来，嘟囔道：“这种东西听起来没什么意思吧？”

我轻轻握住他的手，告诉他：这些新知识非常有意思。

四月十五日

上完钢琴课，我和浅叶聊起了彼此的双亲。

我告诉他，我是单亲母亲，生下孩子就跟父母疏远了。

浅叶的父亲跟他一样是学者。在他五岁那年，父亲丢下家庭，选择去国外工作了。

“父亲乘船启程去欧洲那天，我们一起去了港口为他送行，母亲在一旁边哭边挥手。那时我就在想，我和妈妈被抛弃了。”

他坐在琴凳上继续说道。

“船随着汽笛声离开港口，各种颜色的纸带从甲板上撒下来。七色的彩带在空中飘舞，远处的轮船驶向群青色的大海，那画面实在太美了。被父亲抛弃的悲伤和当时的美景交融在一起，不知不觉就成了对船的喜爱。是不是有点儿奇怪？”

我坐在餐桌椅子上，慢慢摇了摇头。

我打心底里理解他的感受。

悲伤之情确实会和美景融合，化为爱意。

和浅叶聊天，总是会发现两人领悟了同一个道理。

我们就像独自探索着南北半球的两个人，直到相遇，终于了解了整个地球。这种感觉，时常发生。

四月十九日

我来到高架下的那家书店，买了好几本旅游指南。

一次买这么多旅游指南，店主婆婆肯定以为我是个怪人。

伦敦、纽约、印度，还有土耳其。

我在想象和浅叶一起环游世界的日子。

如果我和浅叶一起去伊斯坦布尔，会发生什么呢?

我们会参观蓝色清真寺，去市场买东西，吃完夹着青花鱼的三明治，再体验一下水烟。然后会被爽朗的导游忽悠着买土耳其毛毯，又遇上小偷，最后身无分文不知如何是好。

不过只要有他在身边，肯定也是种幸福。

我终于遇到了命中注定的这个人。

浅叶左后脑勺的头发总是翘起来一撮。

不知道是不是天生的。从早上起床到晚上睡觉，唯有这撮头发随时都这么叛逆。浅叶肯定不知道这撮翘起来的头发，他还没察觉。

可是如果告诉他，就不是我的专属了，还是保密吧。

四月二十七日

到了傍晚五点，街上不知何处传来了安东宁·德沃夏克[1]的《念故乡》。

我小时候住在一栋大房子里。傍晚五点，这段旋律总会从外面传进二楼的房间，诉说着离别，诉说着改日再聚。

每当音乐结束，就能闻到母亲做的味噌汤的香气。

哎呀，要吃晚饭了，浅叶快回来了。

得准备饭了。

1. 安东宁·德沃夏克（1841—1904），捷克民族乐派作曲家。

今天打算做姜汁烧肉和萝卜味噌汤。

浅叶非常挑食。

第一次一起吃饭我就知道了。他不喜欢生菜、菠菜这类绿叶菜，也不喜欢乌贼、章鱼和贝类，肝脏等内脏更是不吃。

据他说，父亲出国后，母亲工作很忙，几乎没给他做过饭。

“都是直接给钱，我就只买自己喜欢吃的。”

浅叶发现我在看他盘子里碰也没碰的绿叶菜，难为情地轻声解释起来。他跟那孩子一样，都是左撇子。

入夜后，结束工作的电车一个接一个回到车库。

窗外能看到八列并排的光。

就像电车的旅馆。

五月二日

那时，我谎称要去见高中同学，出了家门。

浅叶在朋友婚礼上演奏的《梦幻曲》大获成功，他说要请我吃饭表示感谢。

我们约好在稍远的闹市碰头，一起去选好的餐馆。结果那家店在装修。

浅叶向我道歉，说都怪他没事先预约。又让我稍等，他去找别的店。我一直注视着他狼狈的背影，直到他隐入夜色中的闹市。

几分钟后，浅叶喘着气跑回来，一脸为难。

“找到好几家能吃饭的，可是我太着急……结果不知该选哪家好。”

我忍不住扑哧一声，只觉得他既可笑，又可爱。

浅叶仍是一脸困惑，擦起额头的汗水。

我推荐了车站大楼里的西餐厅，去吃了汉堡。我们举起雪白的纸餐巾，挡着炽烈铁板上溅起的肉汁，一起笑了。

你小时候是什么样啊？怎么开始弹钢琴的啊？谈过怎样的恋爱啊？

浅叶的各种问题问个不停。我对葛西老师很感兴趣，他无邪地笑着说。

我没能好好地回答他的提问。

我只是不停地说记不清了。倒不是不想说。这个人的话，我觉得说也无妨。只是回溯起记忆，总像是蒙着一层雾，看不清细节，也连不成字句。

“我自己的事几乎都想不起来了，明明儿子的事再小我都记得。”我喝起饭后的意式浓缩咖啡，深度烘焙的咖啡豆微微泛苦，“现在想想，光是养活那孩子就已经竭尽全力了，实在没什么精力想自己。”

浅叶凝视着我，最后深深叹了口气：

“那你今后也试着为自己而活吧。哪怕只是跟我在一起的时间里。”

店里的喇叭响起激昂的钢琴声。是《升c小调第七号圆舞曲》[1]。这是肖邦作的，无法伴舞的圆舞曲。

我曾对他说：你总是太追求准确，所以很僵硬。请你弹得随性些吧。这，才是音乐。

“确实如此。”他苦笑之后，却又盯着乐谱，一下一下敲起琴键。我看着这样的他，不禁感叹：所谓音乐，恰如其人。

他是个绝不会偏离常轨的人。

我也一样。

不接受即兴发挥。

只能一个键一个键，按部就班地弹下去。

我听了会儿圆舞曲，分辨出是霍洛维茨弹的。

琴声虽然轻快，却仿佛用力推着我的后背。

我想为了自己而活。

心头的雾刹那散去。

自从我决意为了那孩子而活，无论时间、金钱还是这颗心都不再属于我自己，而我也心甘情愿。可是和浅叶在一起时，或许我可以为了自己而活。仅仅是和他在一起时。

“今后一起创造各种回忆吧。”离开餐馆时，他对我说。

等回过神来，我和浅叶已经进了宾馆。

是我主动的。

1.《升c小调第七号圆舞曲》，肖邦所作的抒情圆舞曲，不能作为舞蹈伴奏，三段式乐曲分别表达出憧憬、挣扎和遗憾。

五月三日

我不习惯被人呵护。

他人的好意，总像是出于对我这个单亲妈妈的同情，我没法坦然接受。

而浅叶不会呵护我。

他只会静静地陪在我身边。

“我要去神户工作了。”

浅叶冷不丁地说道。我们正躺在床上，他从背后抱着我。

我俩像这样幽会，已经有半年了。

为什么？什么时候？那我怎么办？

心里有太多想问的，我却只轻轻应了声：“嗯。”

有新的大学聘我去当教授。妻儿会留在这里。计划是租间小公寓。浅叶在我耳边，一句一句地说着。

浅叶这个人并不机灵，嘴不甜，举止也不潇洒。可他认真、纯粹，一如少年。

另一方面，他打心底里缺乏对人的深情。他说话总是心不在焉，好像并非出自真心。不过对我而言，他纯粹的薄情反而恰到好处。

到最后，浅叶也没说希望我一起来。

他从不自己拿主意，做决定的一直是我。吃什么饭菜，去哪儿约会，几点碰头。不过只要是我的决定，他都一概同意，对我全然接纳。哪怕我提出分手，想必他也只会略显寂寞，然后说：“好吧。”

而现在，我在这里，和浅叶在一起。

我本以为自己会一辈子和那孩子相依为命。我本以为自己只需要这一座孤岛。可是，我知道了整个世界。

闭锁的小海港里，驶进了一艘迷途的白船。

浅叶在船上唤我，我跳上船，并不知将驶向何方。

我想，这样也不错。

六月九日

浅叶回去探亲后，我一直一个人待在家里。

几架飞机划过晴空，几列电车往来于铁轨，我数着它们打发着时间。

就算我这样一动不动，世界还是在不停运转。

被抛下的焦虑，和奇妙的安心。二者交融在一起，让我更加动弹不得。

我整理起散放的信件，邮票上印着绣眼鸟和冠鱼狗[1]。

明信片是五十日元，信八十日元。说起来，明年开始邮费要涨了。

我发现，我已经半年没寄过明信片和信了。

我拿起笔，想久违地写封信。

可是能写给谁？我立刻搁下了笔。

因为我选择了浅叶。

我这样告诉自己。

---

1. 冠鱼狗，翠鸟科鱼狗属中型鸟类，有显著羽冠。

六月十三日

傍晚，浅叶回来了。

我正在切做味噌汤用的豆腐，他把行李包放在玄关，从背后紧紧抱住我。

他不停亲吻我的脖颈，双手摩挲着我的腰。身后开始响起解腰带的咔嚓声。我让他别猴急，他却没听见似的，解起我的衬衫纽扣。耳边是他急促的呼吸，这几天遗忘的甜蜜疼痛一口气复苏。我膝盖一软，双腿颤抖起来。他的手指，他的声音，他淡淡的体味，都是我的最爱。

我们赤身裸体躺在床上，浅叶注意到了金鱼缸。

这是他探亲时，我在隔壁车站附近的水族店买的。

一只是体很小的琉金金鱼，另一只是稍大的同类。我买了一对，免得鱼儿寂寞。

我给这两只通红的鱼起了名字，一只叫红叶，一只叫枫。

七月十日

浅叶一直在熬夜。

他整晚整晚关在研究室里，应该是在忙着做研究写论文。

独自入睡时，我经常做梦。

可怕的梦，悲伤的梦，快乐的梦。

几乎在所有的梦里，我都形单影只。

不过昨天的梦里有浅叶，我很开心。

可我们俩在哪儿，在干什么，却一点儿也记不得。

真有些可惜。

今后的梦要拿笔记录下来。

我听人说过，其实人每天都会做梦，只是大多都忘了。

那些被遗忘的绝大多数的梦。

那里有怎样的故事呢?

八月三日

我上街去买东西，准备给浅叶庆生。

“小百合？”

我正在百货商场的负一层选蛋糕，突然有人叫住了我。

原来是Y，她跟我是音乐大学的同学。

她五官深邃，很像混血儿，声音稚气，四肢修长。虽然眼角和脖子能看到细纹，但她整体跟大学时代几乎一模一样，依然像个洋娃娃。只有她一左一右牵着的两个女儿，提醒我们已经阔别二十多年。

“果真是小百合啊！你一点儿都没变！”我呆若木鸡，Y又继续问道，“你住神户吗？”

听到具体地名，记忆顿时涌来。

Y大学刚毕业，年纪轻轻就结了婚。随后丈夫调职，她就一起搬到了神户。

她既快活又可爱，总是爽朗地笑着调动气氛。送别会上她喝得烂醉，掉着眼泪挨个跟每位同学说，要来神户玩啊，一起来吃牛肉。

“我也是，现在丈夫在神户工作，”我就像照着镜子一般，编造出和Y一样的经历，“就全家搬过来了。”

“这样啊！哪年搬来的？”

“嗯，应该是，去年吧。”

“嚯，有孩子吗？”

“有个男孩，已经上初中了。”

说到这里我才意识到，自从生下孩子，我就再没见过大学时代的朋友，当然也没告诉过任何人。

“哇，是男孩子啊。读哪所学校？”

“啊，石屋川那边的。”

我心里一慌，说出了现在住处附近的那个车站。

“石屋川？那儿有初中吗？”

我哑口无言，急得六神无主。眼前的玻璃柜里摆满五颜六色的蛋糕，这种时候我却在想浅叶会喜欢吃哪种。

“想起来了，是御影中学吧？”见我一直不吭声，Y就自说自话起来，“真羡慕啊，能有小百合这么温柔的妈妈。他肯定很黏你吧？”

“哪里，最近他在叛逆期。只有精力，怎么也用不完。”

“我家这两个已经不能说是女孩子了，心理成熟得很，我都担心她们太老成。”

Y说着看向两个女儿。母女三人个头差不多，孩子们不知何时已经跑到一旁的巧克力店饱起眼福。

“不过女儿始终是妈妈的小棉袄，真羡慕你。”

“话是这么说，迟早也是要嫁出去的。”

“男孩子结了婚，照样会把老妈抛一边。”

不知不觉间，我们已像随处可见的“母亲”一样聊起了天。百货商场的地下一层，商品琳琅满目，行人往来如织。我站在摆满各种蛋糕的玻璃柜前，和Y聊着其他母亲也会聊的话题。

音大毕业后我去当钢琴老师了。虽然没当上音乐家，但还是舍不得钢琴吧。之后经朋友介绍嫁给了他认识的大学副教授。是研究船的螺旋桨的。搞不太懂是不是？我也是，现在都搞不懂他在弄什么。我们本来是在当地买了栋二手小楼，一家三口住着，结果神户有个大学请我老公来教书，就一起搬过来了。一开始是有点儿不适应，熟悉后就喜欢上这儿了。很幽静，又有山有海，真的漂亮。我还跟我老公说呢，要是孩子从小就能在这种环境成长就好了。搬过来后我就没教钢琴了，现在就当成爱好弹弹而已。倒是儿子迷上了电吉他，每天别提多吵了。你根本想象不到他弹得多难听，我都想自己去学吉他教他了。

我笑着，咋呼着，滔滔不绝地讲着“我的人生”。

真实和谎言交织在一起，已经分不出哪些才是事实。说着说着，连我自己都信以为真了。

只要重写记忆，这些就都是我的。

我和Y尽情叙了半小时旧，交换好联系方式道了别。

“下次见！”

Y挥着洋娃娃一样的纤细胳膊，领着两个女儿走了。这样看来，她确实是一脸“母亲”的表情。

我的脸，看起来又是什么表情呢？

我在商场的负一层买了豪华熟食，亲手做了菜，还有草莓生日蛋糕。浅叶全都高高兴兴地一扫而光了。

“已经是奔四的最后一年了。”他低喃道。

到现在我还不敢相信，他竟然比我小六岁。

八月十日

我很少意识到浅叶年纪比我小，不过他的睡脸不时会提醒我这件事。

明天他要回去探亲，三天后回来。

八月十一日

每两个月，浅叶会回一次家。

应该是去探望妻儿吧，不过他从来不会对我讲。

那儿才是他的家，这儿不是。

要是这样，那这个房间又该叫作什么呢？鸟儿临时歇脚的栖木吗？

我一个人等在家里，忽然就想起了分娩前的心情。

当时我抱着一点点大起来的肚子，谁也不见，门也不出。扫除，洗衣，做饭。每天默默地做做家务，弹弹琴。

一个人生孩子。那段日子却并不像想象中那般寂寞。一个人独占孕育生命的喜悦，那种幸福把我整个人都填满了。

可是夜里还是会寂寞，会担心得睡不着。

这种时候，我就会出门散步。

出生之后，给你吃什么呢？带你去哪儿玩呢？让你听什么音乐呢？你会不会喜欢上钢琴呢？

我慢慢走着夜路，不停跟肚子里的孩子说着话。

我忍着剧烈的阵痛，独自躺在医院的病床上。

父亲和母亲，谁都没来。

淡淡的期待落空，让我难过不已。

剧痛就像潮水般涌来退去。我蜷缩在床上，无助地抖个不停。妇产科的医生爷爷说："你肚里的孩子也在加油呢！"

加油，加油。

我躺在床上，声嘶力竭地为自己和孩子打气。

波涛越发汹涌，剧痛终于超出我能承受的极限。意识即将远去时，护士冲进来把我送进了产房。

我在纯白的光线中，咬紧牙关。

两次、三次。

加油！快了！

医生爷爷在给我鼓劲儿。

我死死握紧横杆，汗如雨下。

四次、五次、六次。力气全灌注到腰上。

就像身体里的芯子被抽出来似的，一个暖烘烘的东西降生了。

哇——哇——！

那东西哇哇大哭。

生了！生了啊！

医生把通红的孩子递给我。

我两手颤抖着抱进怀里。好暖，好软。

谢谢。

回过神来，我已经泪如泉涌。

谢谢。终于见面了。以后就是两个人了。

干吗要写这些呢？

暂时不写日记了。

九月二十九日

听说一楼尽头那家被闯了空门。

警察甚至敲开我们五楼的房门，问了好几个问题，比如：最近有没有陌生人出入？昨天白天听到什么动静没有？

我回答说没发现任何异常。其实如果仔细想，说不定也是有点什么的，但我只想赶紧结束对话。

警察打量着我，眼神就像在说："你也有嫌疑。"如果他看到我和浅叶，会不会察觉我们不是真的夫妻？

我立刻出门，去了车站前的咖啡馆。

这是家老铺子，店内的玻璃柜里陈列着蜡制的日式那不勒斯意面、煎蛋，还有烤吐司和冰激凌汽水。店主是位老爷爷，只有点单时才跟顾客说话。在这里可以随便待上好几个小时，于是我一个人喝起了咖啡。

“真吓人啊。”

突然，旁边有人跟我搭话。

一位男性带着浅棕色镜片的眼镜，边吃意大利肉酱面边看着我。和神龛差不多高的位置上放着电视，老牌艺人正噼里啪啦说着相声。

“你家没事吧？”

这人是谁？我打量着他，似乎有些印象。他好像反应过来，忙摘下眼镜，露出厚厚的单眼皮。

原来是隔壁的邻居。虽然我们已经搬来半年有余，但我跟他只是点头之交，从没说过话。“没事。”我小声答道。

“这世道真不太平啊，真是。”

邻居看着电视说道。今天是工作日，他却大白天蹲在咖啡馆里，难道没工作吗？不过平时也没听见隔壁有动静。我轻轻一点头，他继续说道：

“不过也是蹊跷。”

“蹊跷……怎么说？”

“我跟管理员打听了，据说值钱的东西几乎没丢。”

“那丢什么了？”

“装全家福的相簿啦，用旧的背包啦，还有什么木雕熊和景区买的三角旗。”

说罢，邻居就像吸荞麦面似的滋滋地吸起意面来。电视里，艺人的搞笑段子已经重播了好几回。

“噗哈哈！”

邻居满嘴意面大笑起来，声音听起来有些含混。

“太搞笑了！笑死！”

观众刻板的笑声响遍咖啡馆，就像在呼应他一般。

忽然，我想到从前读过的一本小说。

在少女居住的城市里，来了一群灰先生，他们要来偷走“时间”。城里的大人们丝毫没发现时间被盗走了，只是辛辛苦苦地忙工作。唯有少女发现了真相，想要夺回被盗走的时间。[1]

装有全家福的相簿，用旧的背包，木雕熊和三角旗。

我回味着失窃的东西。对啊，丢的这些都是“回忆”。我顿时脊背发凉。往四周一看，邻居已经不见了踪影。

跟前的咖啡里，倒映出我自己的面孔，脸上带着难以名状的恐惧。

等浅叶回来，我要跟他讲这个回忆窃贼的事。不过，他肯定不会往心里去。

十月二日

今天天气很好，我顺着河边散了步。

1.《时间窃贼》，又名《毛毛》，德国作家米切尔·恩德创作的儿童读物。

牛奶似的香甜气息引诱我抬起头来，原来是橙色的小花。

是金桂吧？我自言自语。

入秋之后，就有这样的香气从隔壁院子飘来。

我们总是并排坐在屋檐下，用力深呼吸。

十月八日

我跟浅叶吵架了。

只是鸡毛蒜皮的小事，没必要写在这里。毋宁说，我都已经忘了是什么事。

我们吵了大概五分钟，之后浅叶就坐在餐桌前生闷气。我不想跟他待在同一个空间里，就进了卧室拉上隔门。

随后是一声关门声。我偷偷往外瞧，起居室里没人。看来是浅叶一言不发出了门。

随他去吧，反正一会儿就会回来。我这么想着等在家里，可两个小时后还没动静，我就只好出门去找。

浅叶会去的地方，无非是车站或者大学。

我走到车站，挨个找起周围的店铺。傍晚熙熙攘攘的小镇上，我到处寻找着浅叶的身影，可是毫无收获。

没办法，我又乘上电车去学校。日暮时分，我走在冷清的校园里，从窗外往他的研究室里张望，还是没人。

气温已经刺骨，我只好打道回府。房间里漆黑一片，浅叶不像是回来了。难道他抛下我回东京了？不，这不可能，我告诉自己。

我坐也不是站也不是，索性冲进车站前的超市，选购起晚餐的食材。就做他爱吃的牛肉饼和甜水胡萝卜吧，他肯定会说好吃。

我两手拎着塞满食材的塑料袋走出超市，看到前面是一家药妆店。对了，纸巾也快用完了。我冲进店里，灯光强到刺眼。

我抓起门口的纸巾和厕纸，继续往里走。我从货架上拿了洗发露、肥皂、洗衣液和柔顺剂，一边抱着一边走。

不知道这些东西多久才能用完。三个月？还是半年？在那之前，我会一直跟浅叶在一起吗？还会有下一次买洗发露的日子吗？

东西已经多到两只手都抱不下，我又进了站前的花店，想选朵鲜花和小花瓶。这时我才发现，自打搬过来后，我一次也没买过花。

回到家里，浅叶正躺在榻榻米上看着电视。搞笑三人组扭着身体说："我咋不知道咧？"

"哈哈哈。"浅叶笑了。

去年流行的段子，现在还能把他逗笑。

我想起那位邻居。虽然他满嘴意面哈哈大笑，看起来却一点儿也不快活。说不定，他就是将来的浅叶。

"百合子，是我错了。"

浅叶目不转睛地盯着电视低喃。他向来不知道怎么哄人。

"我也有错。我这就做饭。"

说完，我挽起袖子进了厨房。

十一月三十日

今天浅叶休息，我带他去了旧礼堂，两人一起在地下食堂吃了蛋包饭。总想着反正很近随时都能去，结果一拖就是半年多。

随时就能吃到的东西，反而懒得伸手。不知这是人的通性，还是他的禀性。

最近，我们几乎没一起出过门。也没做爱。

十二月六日

母爱这种本能很是麻烦，不好把控。

既像爱，又像怜，又似苦。这种感情让我无法动弹。

看看浅叶，从他身上就一点儿也找不出“父爱”这个词的影子。

十二月二十四日

为了买圣诞夜晚餐的食材，我跑了一趟三宫。

买好东西之后，我到商场顶楼的咖啡馆和Y喝了个茶。自从八月和她偶然重逢以来，我们不时就会联系，出来见面这是第三次。

上次，再上次，我都分享了我虚构的人生。

邻里往来多烦人，儿子在运动会上多活跃，再抱怨下丈夫，聊聊正月回去探亲的安排。

跟Y聊天时，明明没有事先准备，故事却一个接着一个冒出来。

丈夫、独子和我的三人生活，虽然谈不上丰富，却充满小小的幸福。

“最近，我们公寓进小偷了。”

但有时我也想说些真话。

“咦？那你家没事吧？”

“嗯，被偷的是一楼，我家没事。”

“没事就好。”Y露出安心的表情，一口吃下水果蛋糕上的草莓。她总是调动整套深邃的五官，来表达内心丰富的感情。

“也不能说好。”

“怎么说？”

“我跟邻居本来只是点头之交嘛。可出了这事之后，他就总来跟我搭话。”

我避开草莓，先用叉子叉起蛋糕。真羡慕Y那种第一口先吃草莓的性格。

“这种真的很烦。你别笑我幼稚，我要是看到有人想上电梯，都会赶紧按关门。”

“我也是，公寓里碰到人也不打招呼。”

“我懂！不敢相信竟然有人会随口问好。”

不过那才是合格的成年人吧？我笑道。确实呢，Y也捂嘴大笑起来。只要两人在一起，就感觉像变回了大学生，仿佛这里才是我们一直以来的归宿似的。

“不过这个小偷很奇怪，听说偷的都是相簿和用旧的背包，还有景区买的纪念品。”

“存折和现金呢？”

“好像一点儿都没丢。”

“怎么感觉更吓人了？”

Y总能把球传到正合我心的地方。我跟浅叶聊这事时，他就只会了无兴趣地说：“多半是太心急了吧。”

“确实，就像回忆被偷走了似的。偷这些东西也太吓人了吧？”

“嗯。不过小百合，你最怕什么东西被偷？除了金钱这种实际的东西。”

“日记不能丢。”

我条件反射般地答道。如果这本日记被盗，真不知我会做出什么反应，又是怎样的心情。

“确实！这是最可怕的！”Y叫道。

“你在写日记？”我插嘴问道。

她点点头，我又追问起来：“你的日记都写什么？”

Y的笑容消失了。我意识到这是隐私，赶紧喝起红茶。她只吃了草莓，蛋糕还一动没动。店里流淌着外国少年合唱团演唱的《铃儿响叮当》。

“小百合……实话说吧，我有另外喜欢的人。”

“那不就……”

“嗯，就是婚外情。对方也是已婚，一周能见两次。是不是很像高中生幽会？不过我真的很爱他，没有他我甚至会发疯。这种事不可能说出口的，所以我就写在日记里了。”

一句“我也是”滑出嘴角。我也是，在跟钢琴课上认识的学生婚外恋。趁他一个人调来工作，我抛下儿子跟他私奔了。他比我小六岁，我们偷偷摸摸住在这里。

“我也是，如果有机会也想跟谁谈个恋爱呢。所以我很能体会你这种心情。”

我稍一停顿，表达了虚伪的同情。Y皮笑肉不笑，微微开启的嘴唇呵呵一声，听起来仿佛漏气。她的微笑带着轻蔑，仿佛在说：你明明可以说实话，为什么还要撒谎？

我听着少年合唱团的歌声，心想，这恐怕就是我们的最后一面。

十二月二十五日

我和浅叶的圣诞派对结束了。

他很少喝香槟，可能是醉了，吃完饭立刻倒头就睡。

我独自回顾着日记。

在这里的生活，和浅叶的点点滴滴，还有我自己的心情。

这时我才发觉，有好多东西没写进日记。甚至在日记里，我也没说真话。

就像直到最后都在对Y撒谎一样，我在日记里也在撒谎吗？

我希望日记里只有真话。

要是写日记也撒谎，那就没完没了了。

一月一日

今天我和浅叶一起过了生日。

我问他：正月也不回去探亲吗？浅叶回答说：要赶论文，抽不出时间。

确实，他年底的时候也天天去学校写论文，直到岁末都是这样。

今天他虽然在家，可也是始终坐在书桌前。到了傍晚，不声不响就没了影，结果转眼买了个蛋糕回来。

“我想来想去也不知道买什么好。”

他挠着头，送给我一只珍珠吊坠的项链，也不知是什么时候买的。我想象着浅叶在珠宝店里害羞的样子，心里是浓浓的爱意。

我的生日谁都记得住，却也总是被人忘记。

所以，我很想偶尔能像这样过次生日。

一月五日

我在没有浅叶的房间里独自玩着拼图。

这三天里，我拼完了纽约的自由女神和印度的泰姬陵，现在正在挑战伦敦的伦敦塔桥。

不知道将来的哪一天，我能不能亲眼看到实物呢？长时间盯着同样的建筑物，就感觉好像已经游历过无数次似的。

傍晚，我去了书店。

老婆婆一如既往，在柜台后听着收音机。

我买了本阿加莎·克里斯蒂的文库本。

《无人生还》。不知是第几次买这本书了，我至少已经读过三遍，却总不记得谁是犯人。

回家前我去了趟花店，买了一只小花瓶，还有红色的郁金香。

秋天我就来过，结果没选出称心的。可是今天，我似乎一眼就看中了该买的花。

一月十六日

傍晚，我去取晾好的衣服，天空一片昏黄，是蒲公英似的深黄色。远处的厂区只剩灰色的轮廓，如同剪影。

浅叶今天也住在大学里写论文。

我一时睡不着，索性盯着鱼缸。红叶和枫绕着圈游来游去，就像在逃避某种追赶。

明天要是浅叶回来，就带他一起去吃鳗鱼吧。我想他肯定累了。

身体被猛地往上一顶，我惊醒过来，天花板上的木纹似乎扭曲起来。我连忙坐起身，却像身在暴风雨中的小船，脚下剧烈摇晃，根本站不起来。整个房子嘎吱作响，就像被巨人抓在手里。

金鱼缸跌落在地，摔成碎片。焦褐色的地板上，两条通红的鱼蹦来蹦去。随着闷响，书架倾覆，书和杂志雪崩般滑落在榻榻米上。玻璃柜里的餐具一个个掉下来摔得粉碎，墙壁裂开缝，鼻腔里充满霉臭。

我无法理解发生了什么，甚至来不及恐惧，只是一声不吭用被子盖过脑袋，动也不动。大概三十秒后，摇晃逐渐减弱。我慌忙钻出被窝，打开窗户。

万籁俱寂。不闻人声，亦无鸟鸣，风过树摇悄然无息。我凝视着窗外昏暗的世界，下方的铁轨软绵绵地一起一伏，车库里排列的电车就像塑料玩具，东倒西歪地躺在铁轨上。

浅叶不在。我看向时钟，现在是五点五十分，他应该一直在大学熬夜写论文。我拿起电话，拨了研究室的号码，可是没人接。我怕他出事，一次又一次拨号，却只听到“嘟——嘟——”的呼叫音。脑海里浮现出海边校园被海啸吞没的画面，我手心里冒着冷汗，胃液翻涌而上，忍不住想吐。

我披上尼龙大衣，冲出家门，跑下已经开裂的混凝土阶梯，向车站奔去。不少人和我一样从家里跑出来，穿着睡衣，没头苍蝇似的四处乱走。

我穿过检票口冲上楼梯，脱轨的电车像蛇一样弯弯扭扭，堵在站台前。我掉头下楼，沿着和铁轨平行的公路往大学跑去。五站的距离，步行应该也就一小时。隆起的混凝土公路仿佛驼峰，中线上裂着口，橙色涂料洒了一地。电线杆就像多米诺骨牌一样斜着倒下，纠缠在一起的电线仿佛蛛网，覆盖在天际。

一栋底层被压扁的民居冒着黑烟，从中传出呼救声。一名裹着毛巾的老婆婆坐在路旁，语无伦次地嘟囔着什么。还有男子一左一右抱着号啕大哭的孩子，在公园到处找水。脚边，一身煤灰的猫咪微弱地叫个不停。数不清的民居倒塌，瓦砾冲上公路，碎了一地。路况很糟，根本跑不起来，我只能嘎嘎吱吱地踩着满地疮痍，艰难前行。

逐渐能听到声音了，耳边是呼呼的急促喘息和怦怦的剧烈心跳。不知道是小镇开始发出声响，还是自己的听力终于恢复。

巨大的箱型物体出现在眼前，阻断前路。我走近一看，是栋五层高的公寓，从一楼整个折断，倒在路上。各种生活用品从不同的房间甩出，有衣服、被褥，甚至洗衣机和空调，四处散落，就像人的生活被吐了一地。一楼某家建筑公司的招牌砸下来，插进了地上的混凝土裂缝里，上下颠倒，仿佛异国的象形文字。

公寓旁的小巷里聚着些人，光线很暗，看不真切，但能分辨出正在把人往外拉。估计人已经死了，头上直接盖了条红毛毯。

我想象着自己的死相——在剧烈的晃动中，缩在被子里，整个被压成肉泥。“看吧，不听劝就是这种下场。”父亲俯视着我的尸体说。母亲在一旁哭哭啼啼，不停说着“真可怜”。

唉，到底有谁爱我呢？父亲、母亲，还是浅叶？当我死时，谁会看着我的尸体发自内心地落泪呢？

一位穿着睡衣的中年妇女从我跟前穿过。

她手里握着绳子，牵着柴犬走在开裂的路上。过了好一会儿，我才反应过来是怎么回事。我目送着消失于滚滚浓烟中的背影，理解了她正在“遛狗”。太诡异了，我心想。可是，即便刚经历灭顶之灾，人依然在努力求生。我急着去见浅叶，或许也是出于同样的理由。这是大脑对身体发出的指示：生活还是得继续。

我气喘吁吁，已经不停不歇地走了一个小时。不知浅叶是否平安。已经能看到河边的网球场，就快见到他了。穿过这里应该就是他的大学。就算被路面的裂痕磕磕绊绊，我还是加快了步伐。

朝阳升上灰色的天空，浓浓的黑烟遮天蔽日，地平线全被染红。

城市、人、天空，都在燃烧。

巨大的高架桥横卧在眼前。

如同被冲上海岸的巨鲸，横躺在混凝土路面上。五百米？还是一千米？粗壮的支柱像是从根部被拧断，倒在一旁。

倾覆的道路一端，并排着大约十辆卡车，都从路面滑落，撞在行道树上。末尾那辆卡车的货架里装着橘子，滚得满地都是。横卧的道路尽头是间教堂，彩色玻璃全碎了，空荡荡的窗户顶上，一支黑色十字架倾向一侧，守望着世界。

时间仿佛不再流逝。就像科幻小说里虚构的场景，世界整个陷入静止。只有我，独自行走其间。

浅叶的大学近在眼前，再走几步就是校门，马上就能和他相见。然而，我却一步也挪不开了。我喘着粗气，呆站在原地。一阵被压扁的酸甜气味飘来，钻进我的鼻腔。

莫名地，我在瓦砾中大吼起来。

一开始，我也不明白自己在叫什么，只是一遍一遍重复着同样的音节，不停从喉咙里往外涌。终于，我意识到那是儿子的名字。我必须回去了。必须回泉身边去。喉咙已经嘶哑，止不住咳嗽，温热的眼泪滑下脸颊。

泉……泉……我的泉！

漆黑的浓烟笼罩天空，我站在混凝土的废墟中央，直直地呼唤着他的名字。

11

泉用塑料勺舀起深黄色的布丁，送到百合子嘴边。她从前就喜欢牛奶蛋糊，泡芙和布丁都是她的最爱。但她并不钟爱加入生奶油的高级点心，而是喜欢蛋香浓郁的朴素味道。

滨海疗养院门外，蝉吵得烦人，小狗耷拉着舌头。它的肚子剧烈起伏，宣告着酷暑的炙热。烈阳火辣无比，把室内和室外涂抹成黑白分明的两个世界。

百合子像雏鸟似的张开嘴，等泉把布丁送进嘴里，嗷呜一口吃下去。

“好吃吗？”泉问。

“好吃。”

百合子轻轻点头，微笑起来。泉看着母亲宛如赤子的笑容，莫名涌起一种亲子之情。“泉，我跟你说哟，真的好好吃。”百合子说个不停，泉只管用毛巾帮她擦着嘴，心想小时候母亲肯定也是这样帮自己擦嘴的。现在只是角色换了过来。

百合子突然噎住了，香织从旁边递来一杯大麦茶。她挺着大肚子，就像在连衣裙里塞了个篮球。据妇产科医生说，预产期就是本月底。但她说等孩子生了，就得有阵子没法来看妈妈了，所以今天跟泉一起来了疗养院。

“谢谢你，二阶堂，大老远地过来。”

百合子喝完大麦茶，道起了谢。

“妈， 这是香织。”

“对，对，是小美久，一阵儿没见都长这么大了。你现在会弹《梦幻曲》了吗？”

“都说了这是香织，是我老婆。”

“哎呀，是吗？泉，你真有福气，讨了这么好的老婆。”

母亲说着握过香织的手，她今天难得健谈。

“谢谢你们一起来看我。小美久，你知道吗？泉这孩子，肚子一饿就乱发脾气，可让人头疼了。”

“确实很头疼。妈都是怎么治他的？”

香织顺着她的话聊，百合子乐不可支。

“总之先把他喂饱，甭管喂什么。我饭前常让他吃香蕉。”

“这样啊，那家里必须常备香蕉了。”

两人笑得一团和气。“真的很感谢你来。”百合子说着说着就湿了眼眶。听说母亲这阵子几乎每天都会掉眼泪。

疗养院的住户们排排坐在隔壁桌，一边给竹筛里的菜豆去筋后放进银色大碗，一边热火朝天地聊着喜欢的歌手，还有花样滑冰的年轻选手。她们就像一群要好的女高中生，只是外表苍老一些。手上的动作也流畅精准，鲜绿色的菜豆一粒粒飞进了碗里。泉想起以前听人说，肌肉的记忆不会轻易消失。泉侧视着她们，同时一口又一口把布丁送进百合子嘴里。

最近几周，百合子的病情越发严重起来。

“令堂还年轻，所以相对而言，可能发展得比较快。”定期来复查的主治医生对泉说道，“不过她身体还很硬朗，请多陪她说说话。”

之后的每周日，泉都会来滨海疗养院陪母亲说话。可是入住之后，百合子眼看着越来越寡言。吃什么饭菜，做事的先后，对于别人的提议，她只说好或不好，就靠简单的几个词撑着日子。母亲仿佛将去远方一般黯然寂寞，然而放弃语言似乎也让她从思考中解脱了出来。

讽刺的是，无法沟通之后，泉和母亲的交流反而容易起来。原本的窒息感一扫而光，现在他已经能跟母亲侃侃而谈。

“妈，宝宝这个月就要生了，你说会像我还是像香织呢？”

周日午饭过后，母亲打着瞌睡，泉问着她。

唔，是啊，母亲嘟囔着，也不知是在作答还是在说梦话。

“我的话……是不是像我爸？毕竟我跟妈一点儿也不像。”

从来没人说过他们母子长得像，他也曾对着镜子寻找父亲的面容。母亲眯缝着眼睛，泉就像在自问自答。在自己成为父亲之前，有些话他想一吐为快。

“我爸人怎么样？跟我说说吧。他长得帅吗？还是很有钱？是不是很讨人厌，所以你们才分手了？还是有别的原因？”

妈，你喜欢过那个人吗？你有难以忘怀的人吗？泉忍住了到嘴边的话，绝不能让母亲知道他看过那本日记。

“我啊，很爱你。”

百合子朦朦胧胧地答了泉没能问出口的问题。这里的“你”到底指谁？是泉的父亲吗？浅叶吗？还是连他也不知道的某个人？有关爱的记忆在渐渐遗失，在生命的终点，她的心里会是谁的身影？

“我……会是个好爸爸吗？”

他问出了一直深藏在心底的话。

从有记忆到现在，泉从来没有爸爸。没有人让他憧憬或依赖，或是畏惧，或是憎恨。他和母亲一起填补了这块缺失。可是父亲到底是什么？他对这个身份一无所知，却即将成为人父。

自己的父亲到底是怎样一个人？是不是他抛妻弃子、落荒而逃了？如果是这样，那自己某一天是不是也会重蹈覆辙？泉想向母亲寻求答案，百合子却再度打起瞌睡。

“百合子太太，布丁看起来很好吃啊！”

观月院长走过来，盯着百合子的脸。泉看着母亲更加灿烂的笑容，心想滨海疗养院真是选对了。观月的性格坚韧开朗，就像太阳，同时也是滨海疗养院的象征。

“既然今天泉先生也来了，就给他弹段钢琴吧。”

“我妈在弹琴？”

泉问道。观月回答说，下个月滨海疗养院要举办音乐会，她想让百合子露一手。

泉没想到母亲会重新弹起钢琴，一时哑然。香织擦着额头的汗，说了声：“好期待。”这里对孕妇而言有些热了。反正下个月肯定会分娩，还不如到时候带着宝宝一起来。

一名年轻的工作人员牵着百合子，把她引到钢琴前。年轻人弯下腰，调节起座椅的高度。这人满头自然卷，一身肌肉晒得黝黑。泉听他口音有些独特，便问他是哪里人，他说是从奄美大岛[1]来的。年轻人名叫俊介，虽然人有些马虎，但随时带着稚气的笑容，非常勤快，很让母亲喜欢。母亲甚至曾兴奋地说，这个人三味线弹得很不错。

“我妈身体怎么样？”

泉在一旁看着百合子的背影，向观月问道。

母亲上个月感冒了，还发了烧。

1. 奄美大岛，位于日本九州鹿儿岛县，珍稀物种丰富，潜水胜地。

“已经完全恢复了，精神很安定，也没一个人到处乱走。不过我们这儿本来就很少有住户往外走。”

“明明没锁门，却没人想出去啊。”

滨海疗养院白天都是门窗大敞，只有稍许门槛和沟坎做隔断，室内装潢给住户一种这里就是家的感觉。

墙上装饰着很多画，是前些日子来玩耍的小学生们和住户一起画的。观月常说，无论大人还是小孩，健康人还是病患，动物甚至机器人，都应该一起生活。

“我们只是尽量让人住得舒服而已。”

“不过还是会有走丢的时候吧？”

“偶尔会有。”观月女儿不知什么时候来到他们身后，替母亲解答起来，“这种时候就会大家一起去找。幸好这是个小地方，周围的住户也都很配合，一旦发现就会联系我们，告诉我们‘人在我这儿’啦，或是‘往那边去了’。可以说整个小镇都在出力，我们也轻松不少。”

香织摸着大肚皮感叹起来：

“妈来这儿之后表情都开朗了很多。”

“不过啊……”泉的语气难掩不安。视线前方是百合子无比消瘦的背影。母亲让俊介搀扶着身体，生涩地确认着琴键的触感。立式钢琴很单薄，母亲一个音一个音地敲，丝毫没有过去弹三角钢琴的铿锵气魄。

“身体健康当然是好事，可她的记忆在逐渐减少。她已经完全忘了我妻子，莫名其妙的话也越来越多。这种时候配合她说话就像在骗她一样，感觉很难受。”

“配合她说话很难受吗？”

泉继续看着百合子，回答观月的提问：

“像在耍她似的，哄小孩一样的感觉。”

“我不这样认为。”观月毅然的口吻让泉一惊，转头一看，她的黑眼睛正凝视着泉。百合子的演奏开始了，是古诺[1]的《圣母颂》。她慢慢摸索着记忆，找出正确的琴键按下去。泉听着周而复始的神圣旋律，想起母亲曾说过，弹这首曲子时，会有种被严师紧盯着指头的错觉。

“女儿小时候，我总顺着她说话。”观月重新看向百合子的背影，“微不足道的发现呀，不得要领的想法啦，还有偶尔的怪念头。但是都非常有趣。感觉自己的世界似乎也广阔了起来。肯定百合子太太也是这样陪着你长大的吧。再说了，要是只活在自己想象的世界里，不是太无趣了吗？”

百合子的钢琴演奏开始后，一位身穿白丝衬衫、皇室蓝裙子的老妇人来到钢琴旁，突然唱起了歌。怀念的旋律悠扬而起，全不在意钢琴的拍子：“晚霞中的红蜻蜓，请你告诉我，童年时代遇到你，那是哪一天？”

老妇人带着颤音唱起了《红蜻蜓》，一如在唱歌剧。虽然弹的和唱的完全不搭，但百合子的演奏饱含热情，让老妇人的歌喉越发高亢。虽然时不时会卡住，但纤细的手指依然按着琴键。身为钢琴家的习惯伴着乐声苏醒了。老妇人双眼圆睁，引吭高歌。“拎起小篮上了山，来把那田里的桑果采。”

1. 查理·弗朗索瓦·古诺（1818—1893），法国作曲家，自幼师从母亲学习钢琴，擅长宗教音乐，代表作为歌剧《浮士德》。

《圣母颂》和《红蜻蜓》一奏一唱，旋律交融。结束后，老妇人快步走来，皇室蓝长裙轻舞飞扬。她炯炯有神地凝视着泉，仿佛终于找到寻觅已久的人。泉停下鼓掌的手，和她四目相对。

“你现在，幸福吗？”

唐突的质问让泉摸不着头脑，他小声答了句：“嗯。”

“你有机会获得更大的幸福了。这个世界即将迎来末日，被上帝选中的孩子将被送往应许之地。那里再没有忏悔和苦痛，也没有悲伤，唯有永恒的幸福。来吧，跟我一起走吧。”

泉困惑不已，百合子从她身后出了声。

“泉，这是峰岸太太，总是最先吃草莓呢。真羡慕，我也想像她那样。”

峰岸转向百合子。

“你现在，幸福吗？”

百合子对峰岸露出微笑。

“是的，我很幸福。从这里能看到船，我从没这么幸福过。”

“你的心无比美丽。我看得出来。在应许之地，你会获得永恒的幸福。”

“有人来闯空门，拿走了相簿和三角旗，回忆被偷走了。”

“和我们一起创造新世界吧，你一定会被上帝选中的。”

“泉啊，最喜欢吃牛肉烩饭了。别乱动漂亮的玻璃弹珠，我这就给你做，你先坐着。”

“忏悔吧，上帝会宽恕你的罪。伟大的上帝无比宽容。”

峰岸和百合子的交谈驴唇不对马嘴，看上去都在自说自话。可对话却始终进行着，两人还不住点头。

“峰岸太太家已经没人来看她了。”观月女儿像是猜到了泉的疑惑，从旁补充道，“她一直有信仰，后来离了婚，本来跟她一起信的女儿高中毕业后也不信了。她来的时候说自己一直一个人过，或许在她的世界里只有神吧。”

真的是这样吗？泉心想。他感觉那里只是剩下了信仰的残骸而已。还是说，即便失去了记忆，信仰还是会换一种形式继续留在心里呢？

住户和职员，包括泉和香织，所有人一起做好晚饭，围着长木桌用起餐。

味噌煮青花鱼，水煮羊栖菜和大豆，用附近田里种的番茄做成的沙拉，还有青豆味噌汤。吃完饭已是八点多，蝉也早已悄无声息。香织在身边打着哈欠，孕妇临近分娩总是睡得早。

“妈，我最近打算请个假，一起出去玩吧。”

每次临别时，百合子总是一脸寂寞，甚至曾求他别走，想让他住下。打那之后，泉总是约好下次来的日子才离开。

“百合子太太，你最近身体也挺不错的，不如跟泉先生出个门吧？”

观月挽着母亲的胳膊一脸笑容。即便入夜，她依然活力四射。这种无穷的体力和体贴让泉感叹不已。

“烟花……”

许是钢琴弹累了，百合子有些犯困地嘟囔起来。

“烟花？好啊，那就去看烟火大会吧。”

泉一口答应下来，结果百合子的话还没说完。

“……半个烟花。”

“半个？什么意思？”

百合子想要回答泉的问题，拼命找着词语。可她好像想不出合适的词，只反复念着“半个烟花”。出租车嘎吱嘎吱碾着沙砾驶来，打断了两人的话。

“妈，那就烟火大会了，我回去查查。”

泉说完正要钻进出租，瞬间，百合子摇摇晃晃走过来，给了他一个拥抱。

“我爱你。”

耳边响起的低喃带着一丝颤抖，刻意压低了声音，只让泉一个人听见。抱住泉的这双手，感觉仿佛并不属于母亲。

香织在车里看到了这一幕。泉有些害臊，甩开胳膊钻进了出租车。

汽车行驶在漆黑的海岸，他回想起被母亲拥抱时闻到的气味，如鲜花般甜蜜，又如青草般苦涩。“你跟妈妈是同样的气味呢。”他想起小时候，母亲在被窝里搂着自己这样说过。

香织在电车上一直在睡觉，进了家门反而睡意全无，又在餐桌前打开电脑开始办公。点开邮箱一看，必须回的邮件就有十多封，她立刻哀号起来。

“这可不是孕妇的工作量吧？”

泉当然担心香织的身体，只是故意说得像开玩笑。他知道香织想坚持到最后一刻，而且工作可以帮她转换心情。

“也是啦，不过这是我自己决定要干的活儿，不收好尾我没法休产假。”

下下个月，她签的德国交响乐团就要来开演奏会了。配合乐团访日要录的纪念专辑，还有制作海报和传单，都进入了最后阶段。泉想起真希说过，香织养孩子肯定也跟工作一样尽善尽美。

“挺着这么个肚子去开会，大家不得吓一大跳吗？”

泉拿起囤了一堆的巴黎水，拧开塑料瓶，倒进装着冰块的玻璃杯，把其中一杯放到电脑旁。香织笑着说了声“谢谢”。

“直说你这身子就别来了，倒还清爽些。再说还得劳烦大家帮这帮那的。可现在这年头，弄得不好又会成了性别歧视。”

“真烦啊。到底该怎么做，真想有个标准。”

“使唤孕妇做这做那肯定不行，可不让做事吧又成了歧视。结果就还是看孕妇自己怎么想了。”

香织一边聊天，一边飞快地敲着键盘，转眼就回完了一半的邮件。

“我妈肯定是临到分娩前都在工作。毕竟是单亲嘛，跟父母似乎也疏远。她好像是自己去的妇产科，把我生了下来。”

分娩那天的经过都写在日记里，百合子从没亲口告诉过他。

“妈肯定很无助吧？”

“现在想想确实很难，毕竟生我之后还得一个人边照顾家边工作。”

香织连连点头，忽然若有所思地从电脑前抬起脸，巴黎水在玻璃杯里哗啦一响。

“说起来，妈也不喝味噌汤呢。”

刚才一起吃晚饭时，只有泉和百合子没喝味噌汤。虽然他立刻不动声色地收拾了，但结果还是没逃过香织的眼睛。

最后一次喝母亲做的味噌汤那天，从一早开始春雪就下个不停。母亲等泉吃过早饭，目送他出门上学，然后就离开了家再也没回来。

泉一个人等了母亲整整五天，不时有上钢琴课的学生上门，可他不知该说什么好，索性装作家里没人。冷藏室和冷冻室都已空空荡荡，终于所剩无几的现金也见了底。弹尽粮绝的这天早晨，泉终于翻开母亲放在桌上的笔记本，拨通了外婆的电话。

得知女儿竟然抛下孩子弃家而去，外婆一时哑然，只说傍晚会过去，叫他在家等着，然后就挂了电话。等外婆的几个小时里，泉把跟百合子一起拍的照片统统扔进了垃圾箱。无论是贴在冰箱上的，放进相框里的，还是装在相簿内的，找到一张扔一张，全都不留。

外婆大概每周来看泉两次，每次都唉声叹气，像是摊上了大麻烦。

外婆看起来只是出于义务照顾泉，这一点让他很过意不去。他也觉得母亲口口声声说要自己养儿子，结果却中途放弃逃跑了，这点实在丢人。外婆对女儿估计也是同样的心情。这种不齿，把泉和外婆联系在了一起。

一年后，百合子若无其事地回到家，进了厨房。

那一天，泉是被味噌汤的香味唤醒的。母亲正站在厨房里，搅拌着热气腾腾的汤锅。外婆瘫在沙发上，恍惚地盯着电视里的早间新闻。与其说愤慨，看起来更近安心。

既没有母亲终于回家的喜悦，也没有对她擅自失踪的愤怒，泉只是愣愣地道了声“早”。或许该说“欢迎回来”才对，但泉当时还是选了那个词。

只要像剪片子一样把这一年剪掉，看上去就是无缝衔接的同一场景了。泉和百合子接受了这样的“剪辑”。就当那一年不存在，日子继续过——这是他们之间无言的约定。

两人并没谈过这件事。一切都没变，又回到了母子二人的生活。唯一的不同是，泉没喝那天的味噌汤，百合子也没碰汤碗。从那以后，两人就再也不喝味噌汤了。

泉在母亲家发现日记后，有一阵子就把它们扔在办公室抽屉里。他不想面对这段被剪掉的胶片。只是工作的空当里，他偶尔会拿出它们，盯着黑色的封面看。

一九九四和一九九五。泉意识到，自己一直盼着母亲能讲讲那一年发生了什么。同时他也意识到如今已患有痴呆症的母亲，恐怕再难实现这个愿望。

深夜无人的办公室里，泉一口气读完了日记。一次还不够，他翻来覆去地看。母亲居住的小镇，小小的房间，吃过的蛋包饭和饲养的金鱼，叫Y的朋友和叫浅叶的男人。百合子抛弃泉生活的这一年，全部情景都鲜明地浮现在眼前，包括地震那天。

回到泉身边后，母亲把自己的一切时间和心神都献给了儿子。她丝毫没有坠入情网的样子，和泉相依为命就像是天经地义。从这些日记里，泉看到了百合子炽烈决心的源头。或许，母亲是想用一辈子，来赎这一年的罪。

“泉，找到了！”

坐在对面的香织大叫起来，招手让他去看屏幕。泉凑过去，看来她已经处理完了邮件，屏幕上是搜索引擎的图片搜索结果。

搜索栏上是“半个烟花”。

这是张在湖上放烟花的照片。半圆的烟花倒映在水面上，形成了一个整圆。上边是真实的光亮，下边是湖上的虚像。

"好漂亮……"

泉忍不住感叹。

"诹访湖祭典的湖上烟火大会。"

香织读着介绍文字。

12

"泉先生，能耽误您一点儿时间吗？"

周一开完例会，后辈永井叫住了他。

"行啊，就在这儿说？"

泉本想留在会议室里，不过往门外一看，四五名抱着笔记本电脑的同事已经排着队在等了。

"看来不行啊，人都堵满了。"

"希望赶紧解决啊。"

泉叹了口气，出门来到走廊上。这家公司的会议室十分吃紧，经常要根据会议室的空档来安排谈项目的日程。

"不过这也是好事吧？"

"哪里好了？"

"比方说那些报社，最近项目很少，会议室都空着呢。"

"那我们还算好的吗？"

"没错没错。"永井从松松垮垮的连帽衫兜里摸出手机，点开屏幕。

"不过还是离谱，竟然不是看人而是看会议室有没有空。"

走廊尽头的门打开，一名黑发少年走出排练室。他满头是汗，脖子上挂着毛巾，可能刚上完声乐课。不知这是哪个厂牌在培养的新人，虽然身形瘦小，卷曲刘海下的目光却非常锐利。

“要不找个咖啡馆？”泉问道。永井却说在这儿就行，一屁股坐在了走廊的红沙发上。刚一坐下，他就露出一脸坏笑。

“对了，泉先生，田名部的事，您知道了不？”

“怎么，她跟大泽部长分手了？”

“分手倒没有。不过田名部其实是脚踏两条船，而且都是公司里的。”

“这么大胆？大泽部长知道吗？”

黑发少年从眼前经过，进了厕所。泉看着他的侧脸，认出这是上个月大厂牌出道的创作型歌手，当时声势浩大地宣传过。少年的歌词充满用刃具自残的露骨描写，一时成为热门话题。他在涩谷车站前举办的街头演唱会聚集了上千人，一举蹿红。

“大泽部长应该不知道，毕竟他那种善妒的性格……”

“田名部也是在玩火啊……”

“不过嘛，这也要那也要，的确是田名部的风格。某种意义上说，我倒是对她增加了好感。不过泉先生，您还是什么都不知道啊？”

永井看着手机笑了。泉承认是自己太迟钝，不过永井的消息未免也太灵通了，真不知道他都是什么时候从哪儿打听到的。

“阿姨还好吗？”

回过神来，永井已抬起内双的眼睛，定定地望着泉。不知他是想转移话题，还是真的关心泉的母亲，光从表情上看不出来。

“不算坏吧，幸好那家疗养院很不错。不过病情本身还是越来越重，她已经把香织忘了，有时候连我也认不出来。”

“是不是感觉越来越幼稚？”

确实，跟百合子对话时，她的用词和动作都有种返老还童的感觉，说不定是因为记忆倒流。

“之前去疗养院看她，临走还突然给了我个拥抱呢。”

“哇，这有点儿难为情吧？”

“可不是。说不定把我跟什么人弄混了。我就想，毕竟妈妈也是女人吧。”泉的脑海里浮现出母亲坐在长椅上的模样，她眺望着白船，在等浅叶，“虽然我没法想象母亲谈恋爱，但说不定她是个很重情的人。”

“我懂，我奶奶也有这种表现。”

永井开口的同时，黑发少年走出厕所。他挽着衬衫袖子，露出两条胳膊。虽然他歌里唱的都是自残行为，自己的胳膊却干净白皙，没有一丝伤痕。

“我奶奶明知大家会争遗产，却偏偏不留遗嘱。痴呆症恶化前，税务师和律师就千叮咛万嘱咐，结果到最后她都不肯写。这脾气犟得，我爸跟我叔都无语了。不过呢，我多少能理解其中的理由。”

洁白的手臂让泉想起了KOE。在可以俯瞰涩谷街景的酒店里，她说她忘了音乐。

“奶奶之所以不写遗嘱，是想大家都对她好。只要没立遗嘱，儿子们就都会争着抢着讨好她。妈妈，你身体怎么样呀？有什么想要的吗？想去哪儿走走？都会这样主动上门来嘘寒问暖。所以奶奶心里清楚，不能白底黑字交代明白。结果呢，奶奶痴呆了，亲兄弟为了遗产大打出手，那叫一个乱作一团。大家付出了多少爱，就想按比例要回来。”

上周，泉听说KOE要换公司了。“据说她表示什么歌都愿意唱，哪怕是别人写的词。明明从前那么执着于自己的语言。”

“要怎样才能创造人类呢？”

耳边仿佛响起KOE的低喃。

泉因为好奇她的近况，就去网上搜了搜，结果在某文化网站上看到了她和一位新锐人工智能研究者的对谈。

“制造人工智能，就是创造人类。”人工智能研究者这样回答KOE的提问，“就是让电脑不停记忆。比如下棋的人工智能，就让它一个一个记住过去的棋谱。”

“也就是说，构成人类的并不是身体，而是记忆？”

据说是KOE主动提出要跟人工智能研究者对话的，看起来她的双眼都在发光。

“没错。所以假如我遇到交通事故，整个身体都换成了机械，但只要记忆没丢，那我就还是我。反之，即便身体还是原来的身体，可要是失去了记忆，那我就不再是我了。”

该怎么作词，用什么感情唱歌，如今已悉数忘记的她，就不再是“KOE”了吗？泉回想起涩谷的酒店里，她半梦半醒般眺望着夜景的双眸。

“假如想赋予人工智能个性或者才能，只要让它们失去一些记忆就行了吧。比方说红色的记忆，大海的记忆，爱的记忆。”

她用这句话结束了对谈。

的确，人的个性也许正是由缺陷造就的。没有红色记忆的画家所画的画，失去爱的记忆的作家创作的故事，一定都非常有魅力吧。那么KOE以失去音乐的记忆为代价获得了什么呢？泉很想下次当面问问她。

“你真的要走吗？”

泉无意识地问道。

“泉先生，对不起。”

永井把手机装回兜里，垂下头。

“你不是说要努力工作吗？”

“我已经决定了。今天只是想着得跟您有个交代。”

“这么重要的事，就在走廊沙发上说啊？”

泉苦笑道。

“也不是非得在会议室里说的大事。”

永井笑着回道。

前天，大泽部长告诉泉，永井要辞职了。辞职理由很普通，就是有其他想做的事。可是泉很难接受。毕竟接下来才是永井要开始大展身手的时候。

“泉先生，您还真是什么都不往心里去。”永井笑起来，就像看穿了泉的心思似的，“我不是一开始就说过吗？我想做影视方面的工作。”

仔细回想一下，他好像是这么说过。“要说比起音乐，我还是更喜欢影视吧。”永井时不时就会这么说，但泉一直以为是挖苦，从没当过真。

“有影视公司看上了ONGAKU的那支MV，想来挖我，他们正缺影视制作人。”

“咱们公司也能做动画或者小电影啊。”

“我知道，但还是想拼一下试试。就那种我爸妈在乡下也能看得到的，在影城里上映的电影。我想在这种电影的片尾，写上自己的名字。我知道很傻，但感觉这样就不会被人忘记了。”

不知不觉，黑发少年已经离开走廊。排练室里传出吉他和架子鼓过于热闹的合奏，估计是下次要发的曲子。不过，这种快活的曲风似乎并不适合他。

“好吧……交接的事我去跟大泽部长谈。”

“麻烦你了。”永井摘下帽舌笔直的运动帽，深鞠一躬，“他应该不会难过的，毕竟他也不怎么喜欢我。”

“怎么会。你刚来的时候我说过吧？把你招进来的不是我，是大泽部长。”

泉的话让永井眼中闪过一丝动摇。“这样啊……我完全不记得了。”他低喃着，深深戴上帽子，遮住了双眼。

泉陪香织去妇产科做完了检查，两人又一起去了婴幼儿用品专卖店。

临近产期的香织动动都吃力，所以泉说必要用品他去买，让香织先回家，然而香织却说想多走走。

纸尿布、厚款的婴儿湿纸巾、塑料围兜，还有吃辅食的勺子。泉自认已经分门别类买齐了，结果一看货架才发现还有这么多漏掉的。他和香织边商量边精挑细选，为生产做着最后的准备。在店里逛完一圈，看着购物篮里的东西，泉忽然想起自己曾为母亲买过护理用品。

或许因为是周六，收银台前大排长龙。仔细想想，聚在这里的都是特殊人群。除了即将迎来新生命的人，就是刚生完小孩的人。大家多是夫妻结伴而来，空气中有种飘飘然的气氛。

“我刚怀孕的时候……老实说并不高兴。”

香织在一旁双手抱着纸尿布。泉花了好些时间，才意识到这是她的声音。

“还能继续工作吗？岂不是不能喝酒了？一段时间内不能出国旅行了吧？满脑子想的都是这些。”

“妈妈。”小小的声音传来。一岁？还是两岁？走路还跌跌撞撞的小女孩，正在泉和香织左手边的玩具区转悠。粉色的凉鞋踩在地上，啪嗒啪嗒。

“我舍不得放下工作。一路努力到今天，积攒了这么些成绩和人脉，好不容易才有点儿意思了。一想到我不在的时候可能被人抢走，我心里就感到不安。男人就没什么损失，这也太不公平了，我还为此恨过你呢。不过，你听说我怀孕的时候，肯定也不开心吧？”

泉被正中软肋，无言以对。他想起香织宣布怀孕时，自己的确一时惊呆。没有喜悦和期盼，只是感觉太不真实，拼命才挤出一句：“太好了。”“什么啊，说得像别人家的事一样。”香织勾起嘴角笑了。

“你就是这点让我感到安心。我就想，哎呀，接下来要两个人一起学当父母了。你可能自以为藏得很好，其实心里想的总写在脸上，都用不着猜。我因为从来不知道父母心里想什么，总是看他们脸色，所以就想找个让我安心的人。”

香织盯着前面的队伍，收银台那边正规律地响着“滴滴”的电子音。

在妇产科大厅等候的时候，泉看到坐在沙发上的男男女女，就很想问他们：为什么想生孩子呢？觉得当爸妈很幸福吗？

“前阵子真希刚生完孩子，我跟她聊了聊。我是想听她说，真的把孩子生下来才知道有多可爱，之前的辛苦根本不值一提。

可是她说，全是失去。时间、金钱、体力、智力，全都被孩子夺走了。”

一旁喊妈妈的声音逐渐带上了哭腔。穿粉色凉鞋的女孩掉着眼泪，不停叫着“妈妈”“妈妈”。孩子妈妈去哪儿了？泉环顾四周，没看到貌似的人。香织继续往下说，像是要盖过孩子的哭声一般。

“我想果然如此，真是太失望了。”

“这样啊……”

“不过真希给孩子喂奶的时候，表情非常温柔，感觉整个人成熟了很多。这时我才意识到，或许正是不断的失去，才让人成熟起来。”

说完，香织把怀里的纸尿布放到地上，跑向哭泣的女孩。香织小心翼翼地抚摸着女孩的头，可她还是哭个不停。怎么办？香织为难地看着女孩，最后深吸一口气，大喊起来：

“孩子妈妈！你在哪里？你的孩子走丢了！”

然而，母亲并没出现。香织冲泉招招手，让他过去。

“阿泉，骑高高！”

“啊？我没干过啊。”

“少啰嗦，快点儿！”

“骑高高”的指示让泉有点儿为难。别说被骑了，骑别人他都没干过。泉只好回忆着电视里类似的动作，把手伸到女孩腋下抱起来，让她双腿骑在自己肩膀上。女孩看起来瘦瘦小小，没想到很有分量，眼看着就要失去重心往后倒。泉急忙抓住那细棍一样的双腿，这才稳住孩子的身体。女孩脚尖钩着粉红凉鞋，在泉眼前一摇一晃。

突然被人举到肩上，女孩顿时就不哭了，她不知道这是泉有生以来第一次体验“骑高高”。“孩子妈妈！你在哪里？”香织的喊声响遍商店，泉以前从未听过她这样喊，声音听起来就像换了个人。

背后响起一阵脚步声。一位妇女用婴儿车推着购物袋冲过来，抱下泉肩上的女孩。她用脸拼命蹭着女儿的额头，不停对泉和香织道谢。女孩的粉色凉鞋又在一摇一晃。

母亲放下旧物，放下语言和记忆，接下来要去哪里？

或许正是不断的失去，才让人成熟起来。

香织的话，久久回响在耳边。

13

穿过商店街进入主路，白色的夕阳映入眼帘。在化作黑影的人群之中，泉牵着母亲的手走着。缓慢，悠长。

一群女性穿着或大红或深蓝或黄色的浴衣，踩着哒哒作响的木屐，小跑着挤过人潮间的缝隙。“真漂亮。”百合子一身洁白的浴衣，微笑着目送她们远去。

蜿蜒的道路旁是并排的摊贩，正在准备开店。摊主们满头大汗地支起顶篷，调整着煤气放好铁板。有的店铺已经准备妥当，有的却连骨架都没装好，不过每位摊主都一脸的喜气洋洋。湖畔酒店成排，屋顶已经设好观赏席，整片座无虚席。

不知何处传来太鼓的鸣响，抬头一看，天空是灰色和浅蓝的混合。灰蓝的天幕下，装满照明器械的大吊车正昂着头。吊车之间设置着救护帐篷，虽然还没开始放烟花，但已经接待了好几名患者。

泉和母亲的票是看台座，入口就在前面。泉拉着母亲的手，一步一步慢慢上着台阶。出酒店已经走了快二十分钟，她有些气喘。泉本来劝她坐轮椅，可百合子却说想一起走路。一想到这样的机会也没多少了，泉就顺了她的意。

上完台阶，椭圆形的湖泊便尽收眼底，深蓝色的水波悄来悄去。燃放烟花的浮岛上有座鸟居，于是便有了一种举办祭典的气息。观众沿着水岸围满整个湖，对岸漆黑连绵的山脉俯瞰众生。

看台座四周围着白色胶带，泉和母亲坐在一起，注视着湖面从深蓝渐变成黑。七点整，广播宣布烟火大会正式开始，同时红色的烟花升上天空，爆炸声接连袭来。

近距离观看烟花比想象中还有魄力，泉和母亲同时“哇”的一声感叹。百合子意识到两人的异口同声，开心地看着泉笑了。她的眼神似乎在说：我们想到一块儿去了。

伴随今年大热的抒情歌曲，一朵朵心形的烟花升上天际，人群中爆发出欢呼和掌声。接着是著名科幻电影的配乐，星辰般的烟花洒满夜空。UFO、蝴蝶、蜗牛、四叶草。从未见过的烟花千姿百态，接连升起。周围的观众开始拿起笔，每放一朵烟花就在小册子上打分。

“给，阿姨。诹访湖的烟火大会也是场比赛哟。”

百合子一脸好奇，坐在旁边的金发青年递给她一本小册子。

“像这样，给每个烟花打分。”

青年咧嘴一笑，露出满口金牙。他的黑色浴衣上绣着龙，难以解读的汉字密密麻麻，直到袖口。他邻座的女友也扎着棕色长发，穿着配对的龙纹浴衣。

“刚才是茨城的，现在这个是长野，接下来是秋田，再然后是新潟，也有东京的。全国的烟花师傅都会带上最新的作品，来这儿比赛呢。”

匠心独运的烟花冉冉升起，广播同时报出制作厂商的名字。不知有多少年没这样近距离看过烟花了。好厉害——好漂亮——我喜欢刚才那个——每当有烟花上天，青年的女友都会欢呼着写下分数。“你搞啥啊？怎么全是一百分？”金发青年笑道。

“阿姨也来打分吧！明天报纸上会登评委给的分数，可以跟自己打的比对比对，可有意思了。”青年把笔和册子一起递给百合子，“我们俩用一张就行！”

百合子瞬间有些失措，不过还是笑着向青年道过谢，婉拒了他的好意。

“为啥！阿姨您别客气！试试吧！”

金发青年硬是把册子塞了过来。泉接过来打开一看，册子里罗列着每种烟花的名称。百合子凑过来，凝视着上面的文字。

“……哪个烟花好看，什么颜色的，哪种形状的，我全都忘了。所以我只觉得，烟花真棒啊。”

百合子拿过册子，还给金发青年。泉怕对方扫兴，连忙道歉。“确实有道理！”“感觉好有深度！”青年和女友连连点头，耳朵上的一大串耳环哗啦直晃。几人交谈期间，烟花仍在兀自绽放。

最近，母亲已不再叫他“泉”。她应该还知道这是自己儿子，却想不起叫什么。曾被百合子唤过千遍、万遍的名字，也消失了。

随着忘记的东西渐多，百合子的瞌睡也多起来。她常常大白天的就躺在床上迷迷糊糊，动也不动，只是发呆。她的睡眠时间越来越长。泉想起阳光下，百合子宛若婴儿的睡脸。

即便她忘了言语，忘了名字，唯有与泉共度的回忆还保留着。可要是有一天，不光名字，连泉的存在也忘了，那在母亲心里自己还剩下什么呢？

二十五位烟花师傅带来的新作悉数登场后，天空已漆黑一片。金发青年打完分，兴奋地嚷嚷着“今年也绝了”，拿起啤酒罐一饮而尽。百合子双手捧着瓶装茶，依旧呆呆地注视着湖面，一口都没动。

“最后请欣赏诹访湖名景——连发烟花！”

高亢的广播声后，大扇的半圆在眼前炸开。

短暂的间歇后，地震般的低音响彻湖畔，观众席上欢呼四起。半圆的弧光紧贴湖面次第绽放，湖面宛如镜子投映出倒影。实像和虚像连在一起，勾勒成一个大大的圆形。

“这就是百花齐放的连发烟花！”

泉望着浮在水上的烟花，脑海里浮现出那个小小的家里插过的那些单枝花。郁金香、大波斯菊、紫阳花、向日葵、大丁香、雏菊、山茶、玫瑰、菜花。只留下美丽绽放的回忆，在无人发觉中枯萎褪去的色彩。

母亲眼含泪光仰望天空，白色、红色、黄色的闪光映着她苍白的容颜。忽然，泉感到有点儿似曾相识。是什么时候的事呢？极其重要的景象。绝不能忘记的话。泉努力回想，却怎么也想不起来。

泉牵着母亲的手，走在汹涌的人群中。

“烟花，真漂亮啊。”

泉起了个头。

“……我要吃苹果糖。”

泉的手被拽住，身后传来少女般的声音。回头一看，百合子正目不转睛地盯着一家小店，蓝色暖帘上画着红彤彤的苹果，被刨冰店和钓水球店夹在中间。泡沫塑料板上，等间隔地插满了通红的苹果糖。苹果表面覆盖着糖衣，在电灯照射下闪闪发光，看起来不像食物，更像玻璃工艺品。

“……我累了。现在就想吃苹果糖。”

泉看着百合子翕动的嘴角，才意识到刚刚是母亲的声音。她跟方才看烟花时截然不同，幼童般的说话方式让泉困惑不已。

“现在人有点儿多，过会儿吧。”

泉说着拉起百合子的手。他想赶快钻出人群，回到湖边酒店定好的房间。

“我现在就要吃。”

百合子站在原地，怎么催也不挪步。

“苹果糖，现在就要，现在就要，现在就要嘛！”

她像小孩撒娇似的嚷嚷不停，周围穿着浴衣的路人都讶异地看着他们。泉一阵不好意思，凑到母亲耳边哄起她：“好好好，这就去买。”说是这么说，可要想领着母亲横穿挤满人的路去对面店铺，实在是不容易，“我去帮你买，你就在这儿坐着等我，绝对不要乱走。”

泉略有些犹豫，不过最后还是让母亲坐到马路牙子上，自己分开人潮，逆流向苹果糖铺“游”去。左一下肩膀被撞，右一下手肘袭击，不知从哪儿又传来了咋舌声。泉十分恼火，不过想到是自己逆行，只得又压下火气。得赶紧买好苹果糖回百合子身边，他一步一回头，边惦记着母亲边向店铺前进。

等泉来到摊位前已是浑身大汗。“一个三百。”摊主诧异地望着喘着粗气的泉。泉本来只打算买一个，不过转念想可以陪母亲一起吃，就跟老板要了两个。泉拿出千元纸钞，接过两根插着苹果糖的竹签和找零。回头一看，母亲不见了。泉伸长脖子，马路牙子四周到处不见母亲的人影。

“唉……”泉意识到自己暗暗叹了口气。看来，别管多麻烦都该领着她来的。或者根本不该迁就母亲，而是应该直接拖她回酒店。不过现在后悔也无济于事，得先把母亲找回来。泉给自己鼓了把劲，重新挤进汹涌的人群。

妈！泉伸长脖子叫喊，却被四周的喧嚣吞没。夜色中黑漆漆的头颅如潮水起伏，母亲矮小的个头只会被人潮淹没。妈！听到就举下手！泉明知是白费力气，却没法坐以待毙。

好些人扭过头来，黑色的眼珠不快地瞪着突然大吼的男子。自己双手拿着苹果糖大喊的样子想必相当滑稽吧？泉真想立刻把糖扔了，却狠不下心，只能继续分开人群往前走。

泉沿路冲进每一栋建筑，便利店、KTV、荞麦面铺、土特产店。哪里都没有母亲的影子。

请问，您看到过一个穿白浴衣、七十岁左右的矮个老人吗？泉逮着店员就问，大家却只是摇头。说不定她自己回酒店了。泉冲回酒店跑遍大堂，挨个问路过的员工，依然没人见过百合子。

高亢的警笛声由远至近，从后面绕上正街，紧接着眼前一辆白车呼啸而过。泉有种不祥的预感。他连忙冲到门口，不等自动门完全打开就挤了出去，追赶起救护车转个不停的红色信号灯。

笛声停在救护帐篷前，救护车打开后门，下来几名抱着担架的救护员，进了帐篷。

帐篷的塑料门帘被掀起，缝隙间能看到床上的小脚。妈！泉急忙冲进帐篷，躺着的是名穿水手服的女高中生。救护员们惊愕地看着泉。泉羞愧难当，逃出帐篷，漫无目的地游荡在此刻已冷冷清清的车道上。

这是去哪儿了？都跟她说了别乱动！嚓嗒嚓嗒，还没穿惯的木屐干巴巴地一步一响。

高二那年，泉交了女朋友。对方年纪比他大，是打工时认识的女大学生。

她是从四国来东京的，一个人住在两站距离外的某公寓里。

“阿泉真可爱，要来我家玩吗？”那天打完工一起吃饭时，对方发出了邀请。在她家泉第一次喝了酒，然后顺势上了床。“今晚就留下来吧。”泉听了她的话，没有回家。

第二天中午回家后，母亲只说了声：“回来啦？”并没责备。泉知道百合子没法说什么。那之后的一段时间他就泡在女朋友家，经常三四天都不回家。

记得是交往快半年的时候，他在女朋友家一住就是一周。

“你去哪儿了？”回家后，百合子终于忍不住问他，“跟谁在一起啊？”

泉仿佛就在等这一刻。

“你好意思问？”这是他早就准备好的台词，“妈，你没资格跟我说这种话。”

好一阵母亲都没出声，只盯着洗碗池。等泉坐到沙发上打开电视，她才继续动手洗碗，一边低喃了一句："是啊。"

后面一周，泉跟女大学生分手了。

背后传来刺耳的刹车声，泉一回头，前车灯近在咫尺。他下意识伸手，摔了个屁股着地。银闪闪的保险杠贴着指尖停下，碎在地上的两支苹果糖在车灯下亮着红光。没长眼吗！伴着一声怒吼，轮胎摩擦柏油路的声响，车猛地一倒，绕开泉疾驰而去。眼前一片空白，橡胶发出焦臭。泉瘫在车道上，一时动弹不得。

上周，滨海疗养院的峰岸过世了。直到咽气前一刻，她都在不停传教，不停劝人要信上帝。"信上帝，就能获得永生。"

滨海疗养院为她举行了简单的送别会。观月院长告诉泉，孤独如峰岸，其实以前也是有独生女偶尔来看望的。可是从某天起，她的女儿就再没现身。观月心里惦记，想办法取得联系，才得知她的女儿已遭遇车祸身亡。当时的峰岸已记不得自己有个女儿，可是从那时起，她传起教来似乎就越发真挚。

泉望着汽车远去的尾灯陷入浮想。如果现在自己死了，还有谁了解母亲呢？开心时挠挠鼻尖的习惯，喜欢吃略焦的布丁，最爱单枝的白花。世上再没人知道这些。母亲在肉体死亡的同时，也从记忆中死亡了。这实在是很悲凉。然而除非名垂青史，每个人早晚都是这样的结局。

一家接一家，店铺熄了灯。为了找百合子，泉沿着蜿蜒的道路左跑右颠。灯光逐渐消失，湖畔也渐渐清冷。他气喘吁吁，口干舌燥。额头滴下的汗淌进眼角，不得不停下脚步，用浴衣袖子擦起额头。他感到胸腔里的心脏瓣膜正在剧烈开合。大脚趾根阵阵发烫，低头一看，才发现被木屐带磨破了正在渗血。灼烧般的疼痛终于传到大脑，泉一声叫痛，脱下木屐扔在一旁。

“你啊，总是大惊小怪。”

母亲这话他从小到大几乎听到厌。泉感到身后传来母亲温柔的嗓音，回头一看，百合子正站在广场中央，周围是几十家路边摊。有捞金鱼的，打靶的，卖炒面和棉花糖的，还有钓水球的。只有广场上的摊贩还亮着灯，聚集着游人，仿佛被诱蛾灯吸引的飞虫。

百合子停在刨冰摊前，各色糖浆鲜艳夺目。她就像不知该选哪种味道的少女，看看红色又看看绿色，还有蓝色和黄色。

“妈！”

泉重新穿上木屐，一瘸一拐着跑过去。

“你去哪儿了？我找得好苦……”

百合子回过头，没有一滴汗水，浴衣也穿得整整齐齐，仿佛从没挪过步。

“真让人着急，你总是转眼就没影了。”

“妈，是我在找你……”

泉不禁叹气。心脏还在狂跳不止，从耳内咚咚敲打着耳膜。

“在游乐园那次，你不就迷路了吗？我从厕所出来你就不见了。我差点儿急哭了，心想又把你弄丢了。毕竟只要我一不留意，你就会跑丢。每次我都得拼命找你。不过呢，我知道的，你就是想让我找你。”

百合子牵起泉的手，就像情侣似的十指相扣。从前走丢的是泉，现在迷路的是母亲。这是他们母子试探爱的方式，事到如今还在这样彼此确认。

“你还记得吗？刚搬家那天，行李没送到。”

百合子伸出苍白的手，指向草莓糖浆。泉要了份刨冰，付了三百元。摊主嘎嘎吱吱地用手摇机器削起透明的冰块。白色的塑料杯上，冰渣像雪花一样堆积起来。

“还有这事？”

“搬家公司搞错了，把东西送到了别人家里，于是咱俩在空荡荡的房子里不知如何是好。”

初三那年夏天他们搬了家，正好是母亲离家一年刚回来之后。当时的记忆很模糊，泉怎么也想不起来。

泉接过堆成小山的刨冰。柜台上摆着五颜六色的糖浆，每个都有瓶嘴，可以随便选味道。泉按下草莓的按钮，软绵绵的白雪被涂上鲜艳的红。

“家具碗盘什么都没有。咱俩在车站前吃完荞麦面，又到商店街的蔬果店切了块西瓜，坐在屋檐下一起吃。你都忘啦？”

擦完空荡荡的地板，两人一起走下昏暗的坡道。在荞麦面铺，母亲点了油豆腐荞麦面，泉要了滑蛋鸡肉饭配小碗荞麦面的套餐，就着电视上的棒球直播吃了晚饭。然后去买了一大块西瓜，一边望着院子外乐高玩具似的居民楼，一边坐在房檐下大快朵颐。母亲描述着细节，那天的情景逐渐复苏。

“妈，行李没送来啊。”

“不好意思啊，今天之内肯定送到。”

“不急。”

“西瓜真好吃。”

“嗯，好吃。”

“抱歉啊，泉，害你转学了。”

母亲回来后，凡事都要向他道歉。抱歉啊，买不起好衣服给你。抱歉啊，总让你吃超市的熟食。抱歉啊，没法带你去旅行。

“没事。”

“也不知道在新学校能不能交朋友。”

“本来我也没几个朋友，无所谓。”

百合子穿着白浴衣，站在原地吃了一口草莓刨冰。“好冰。”她皱起脸，用塑料勺又舀起一勺，送到泉嘴边。“好吃。”泉吃进嘴里，伴随着刨冰的冰凉，草莓糖浆的香气涌进鼻腔。

“……想看半个烟花。”

百合子又吃下一口刨冰，低喃道。

“什么？”

泉以为听错了，把脸凑到百合子嘴边。

“我想看半个烟花……”

原来没听错。同样的话百合子又重复了一遍。

“妈，咱们刚刚才看过啊。”

“不是，我想看半个烟花，不是这种。”

“说什么呢？就是这种。”

“不是，不是这种。我想和你去看半个烟花！”

摊主们纷纷朝他们转头，眼神就像在看突发的即兴表演。仿佛湖上的烟花一般，真实和幻想的界限变得暧昧不清。母亲手里的刨冰眼看着融化，变成了红色的水。

“妈……求你了，清醒点儿。”

“我想看！就要看！半个的，我要看半个烟花！”

“你有完没完！”

泉忍不住一声呵斥，百合子手里的刨冰杯应声落在脚边。冰水四溅，将母亲的浴衣染上点点红晕。百合子颤抖的手抓紧泉的胳膊，五指深入皮肉，仿佛想抓住逐渐消逝的记忆。

“找不到了……兔娃娃，褐色的，软软的，可爱的。不知道丢哪儿了……是奶奶送我的。”

母亲突然声音幼稚起来，拉着泉的胳膊东走西走。她跌跌撞撞，就像蹒跚学步的孩童，好几次都要摔倒。

“它叫小沐。我从刚才就在找了，可怎么都找不到。妈妈会发火的。你是好人对吧……会陪我一起找对吧？可是……”

百合子突然沉默，凝视着泉的脸。

“你……是谁啊？”

“别吓我……妈，是我啊，我是泉啊。”

他不敢跟母亲四目相对，不想接受正在发生的现实。可是百合子凑得更近了。

“是谁？你是谁？”

我是谁？该怎么跟她解释？我叫葛西泉。你的儿子。三十八岁的男性。在唱片公司工作。喜欢吃牛肉烩饭。也喜欢鸡蛋料理。不吃味噌汤。有个同事妻子，就要生孩子了。

可这些话，真的能证明自己是谁吗？

“你……是谁啊？为什么在这儿？”

反复的提问，让泉想起在母亲家看到的那些备忘纸条。当时的百合子是不是也跟现在的泉一样，不断问着自己到底是谁？

摊贩的电灯照着母亲的脸，漆黑的双瞳如玻璃弹珠般晶晶闪耀。这深不见底的黑映衬的自己，到底是怎样的形象？

百合子悠悠环视起围拢的人群。看着母亲稚气的眼神，泉明白她已退回了幼年。对幼儿来说，遇到的人都是未知，哪里知道谁是谁？同样的，对母亲而言，所有人也都成了陌生人。

14

海豚、海龟、水母还有鳐鱼。整面墙上，游着各种海洋生物。

上周六，滨海疗养院的住户到附近的水族馆，和小学生们一起写生，作品都被裱了起来。蜡笔和彩铅描绘的海洋生物色彩斑斓，让人仿佛置身南国的大海。

送走峰岸后，新来的住户脾气十分暴躁，常对工作人员大吼大叫。这人原本是名设计师，只有画画能让他平静下来。于是观月院长想了个点子，决定定期举办写生大会。这座疗养院，基本上是配合最古怪的住户来定规矩的。

午后的阳光照射着“南国的大海”，住户们聚集在房间里，围坐在钢琴周围。百合子穿过观众间的空隙，走向钢琴，四周响起阵阵掌声。观月女儿和员工俊介一左一右，搀扶着百合子。母亲穿着精心熨烫的白衬衫，披着深蓝对襟毛衣，目不转睛地注视着立式钢琴，瞥也没瞥泉一眼。她坐到琴凳上，抚摸着键盘检查触感。

房间里响起第一个和弦。

看得出，滨海疗养院的住户们都在屏息等待下一个音符。观月院长站在钢琴边，祈祷似的合起掌，注视着母亲的侧脸。

一个音接着一个音响起，可是很快她就手指一僵，旋律随之停止。从头再弹，又试了两次、三次，然而总是走音，没法继续。这不对。百合子摇着头，就像在责备自己。

仿佛要宣告重整旗鼓，百合子“啊”了一声，从头弹起。她一个音一个音仔细地往下续着，旋律渐渐开始成形。是舒曼的《童年情景》第七首，《梦幻曲》。在那个小小的家里曾听过无数遍的旋律。虽然拍子时快时慢，不过钢琴声越发连贯起来，如梦似幻的旋律拂动着鼓膜。“你有时候就像小孩子。”他想起在母亲日记里看过克拉拉写给舒曼的这句话，不由得胸口发紧。

四小节的旋律重复着上升和下降，旋律越发复杂起来。不断有地方弹错，音乐如雪崩般溃散，不和谐音扩散开来。百合子盯着指尖，遮羞似的歪着头，整个后背都已汗湿。

“好难听啊！怎么回事？”

一个少年坐在母亲腿上，毫不顾忌地说着感想，估计是哪位住户的孙子。做母亲的连忙捂住少年的嘴，却无济于事。百合子坐直身子，又从头弹起。“她不会弹琴吗？弹的都是什么啊？”少年的声音越来越大，几乎要盖过琴声。

百合子努力把注意力集中在琴键上，最后却不声不响地站起身，捂住脸。不知是感到懊悔还是丢人，她那汗湿的后背微微发着颤。泉实在看不下去，只想大声叫她停下。观月却依然怀着信心，注视着母亲的侧脸。泉想起之前观月曾交代过，在这场音乐会上，绝不能帮忙。“我们想听百合子太太最真实的演奏。”

寂静降临，窗外传来微微涛声。凳子被蹭开，发出一声闷响。百合子面朝窗户，视线尽头是静静起伏的大海。她凝视着那片深蓝，一动不动，仿佛人偶。

“可以慢一点儿，但不要停，弹下去。”

还学琴的那时候，母亲这话总响在耳边。可以慢一点儿，妈妈。泉注视着母亲的侧脸，在心中不停为她鼓劲儿。

房间里鸦雀无声，潮起潮落的声音仿佛节拍器，响着固定的节奏。百合子仿佛获得了某种解放，扑通一声坐回凳子。她的肩膀配合着涛声轻轻摇晃。四四拍。这是儿时看惯的背影。母亲总是随着节拍器，在钢琴前边摇晃边打拍子。

百合子深吸一口气，张开十指按上琴键。从未有过的洪亮音符冲上天花板，反弹进泉的耳中。

别即兴发挥或改编，要按着乐谱弹。

母亲对孩子们的教导在耳边响起。百合子的十指拼命追逐着琴键。不是乐谱的记忆，而是她的整个人生编织成曲。这是一丝不苟的演奏。然而，却蕴藏着澎湃的力量。

母亲的后背已经萎缩，蜷曲着似的面朝键盘。她仿佛在用整个身躯和钢琴对抗。手指飞快地跳动起来。如同海船下水一般，音符流畅地连缀而出。

啊，她要启航了。

泉不禁合上双眼。母子二人漫长的旅程即将抵达终点。听着百合子演奏的《梦幻曲》，眼前清晰地浮现出母亲驶向大海的身影。是时候道别了。鼻腔深处一阵刺痛，泉用力吸了口气。

是花香。

记忆深处的画面被唤醒。

那一天，母亲从神户回来的那天傍晚，一个人弹了《梦幻曲》。桌上的花瓶里插着一朵百合，散发出浓醇的芬芳。母亲沐浴着洒进窗户的橙色斜光，仿佛沉浸在漫长的梦境一般，随着旋律摇曳着身体。

香织进了产房后，泉一个人被留在候诊室长椅上，无法抑制的不安向他袭来。如果没了香织，只剩下他和孩子，他该怎么活下去？别说母爱了，自己身上连父爱都一丝没有。这样的自己，要如何养育孩子呢?

妇产科这时似乎同时有好几位妈妈生产，护士们来去匆匆，房门砰地推开又关上。喇叭里放着舒缓的电子音，很是不协调。

产生结婚预感的那天，在嘈杂的烤肉店里，香织说想成为KOE的父亲。或许自己对她的种种期待中，也包括自己从未感受过的父爱。然而忍着剧痛被推进产房的香织，脸上是不加掩饰的不安。看起来，对于该怎么当爸妈，她也迷茫，也苦恼。

“妈肯定也是一路摸索着成为母亲的。”

最后一次产检结束后，香织曾这样说道。泉所认识的百合子，从一开始就是母亲，从没表现出动摇或者迷茫。可现在坐在候诊室的长椅上，他似乎体会到了百合子只身来妇产科的感受，因为惶恐和孤独身子发抖。

不知过了多久，护士把泉叫进产房。房间里热气萦绕，刚出生的婴儿全身通红，正在热水里清洗。婴儿蜷着手脚，还不会哭，只漏出轻微的气息。香织脸色苍白，可以想见分娩过程多么壮烈。但她仍然对泉微微一笑。那表情就像完成了一个大项目，很有香织的风格。

小宝宝被擦拭干净，裹在白毛巾里递给泉。新生命的气息有些甜，有些苦，仿佛刚刚萌发的嫩草。小小的身体是那么柔软无助，好像稍一用力就会碰坏。粉色的手指好似小小的树杈，泉轻轻伸手碰了碰。

食指被用力握住，小小的身体竟然有惊人的力气。小宝宝握紧手指，颤抖着号啕大哭，仿佛在宣告自己的降生。泉听到哭声的同时，内心深处涌起某种不知名的东西，泪水夺眶而出。当着主治医师和护士的面，他根本顾不上害臊，呜咽起来。

他现在也说不清，触动自己的东西是否就是父爱。不过，也许就是那一刻，他终于在自己身上发现了类似父爱源头的东西。

只要遵从这种东西活下去，或许有朝一日，自己也能成为一名父亲。肯定，母亲也是这样走过来的。

掌声让泉回过神来。

百合子结束演奏，慢慢从凳子上站起身。

百合子回过头，正好跟他四目相对。

这是久违的属于母亲的目光，泉不由得低喃了一声“妈妈”。百合子嘴唇微微翕动，好像在叫他的名字——泉。

然而，热烈的掌声盖过了她的轻唤。

太阳沉入地平线下，将大海染作一片紫色。

泉凝视着宛如熟葡萄的紫色，在站台给香织打了个电话。

“妈怎么样？”“嗯，钢琴弹得非常好，是《梦幻曲》。”“妈真厉害。”“是啊，不愧是钢琴家。”“泉，今晚回来吃吗？”“会晚一点儿，不过还是想回家吃。”“我做了土豆烧肉，要吃吗？”“好啊，要我带什么吗？”“唔，那就买些番茄吧，还有牛奶。”“好，我回来顺带去趟超市。”“唉，日向开始哭了，不好意思我先挂了。”“好，我尽早回来。”

八月二十七日，葛西泉和香织有了个儿子。

体重三千四百七十克。名叫日向。比预产期晚三天出生。

15

从隔壁人家的院子里传来了某种气息。

是甜甜的花香，像牛奶，又像水果，非常好闻。我停在院子前，用力深呼吸。一个男孩站在一旁。他跟我差不多年纪，好像在哪儿见过，可我想不起来。这花真好闻，男孩有些害羞地说。他肯定有点儿怕生。嗯，很好闻，我答道，不知道是什么花？男孩听了伸手指向一棵树，那树跟爸爸的个子差不多高，开着橘色的花。这叫金桂，是我妈妈教我的。金桂，我重复道，生怕忘了。我妈妈也喜欢金桂的气味。我也喜欢。那你跟我妈妈一样。男孩开心地笑了。我在吃蛋包饭，男孩坐在对面，桌上摆着郁金香，花骨朵还没打开。这里多半是男孩的家，却让人分外怀念。你爸爸妈妈在哪儿？妈妈在工作，我没有爸爸。郁金香转眼盛放，接着枯萎，花瓣凋谢在桌上。然后换了向日葵，也瞬间花开，花谢。看来这个家里时间过得很快。我喜欢吃牛肉烩饭，也喜欢金黄色的食物，男孩舀着蛋包饭说。金黄色的食物？像是玉子烧，香蕉、玉米浓汤、红薯，还有蛋糕，泡芙的夹心。那叫牛奶蛋糊，我也喜欢。那你果然跟我妈妈一样，你和我还有我妈妈喜欢的东西都一样，我们肯定可以住在一起。可是我必须回去。回哪儿去？回我家。你家在哪儿？这可把我难住了，我家到底在哪儿？我现在想不起来。我想找个办法想起来，就跑了出去。外面是笔直的路，没有尽头。我走啊走，路上没有汽车也没有自行车，连人影也看不到。声音也听不到，气味也闻不到。我走了好久，道路正中间睡着好大一条鲸鱼，圆滚滚的肚子缓缓起伏。你要走了吗？男孩不知什么时候坐到鲸鱼上，把我叫住。我们一起住吧。我想跟男孩一起住，可我知道是不可能的。因为我是刚出生的小婴儿，这是我做的梦。这场梦，漫长得就像某个人的一生。如果梦像肥皂泡一样破了，我从梦里醒来，就会躺在婴儿床上，想不起到底做过什么梦，甚至不知道自己做过梦。你要走了吗？男孩一脸悲伤地看着我。我回答他：也许我们就此别离，也许我们还会相遇。

无论如何，我都爱你。

*

真不知这些灰尘都是从哪儿钻进来的。

相框、电饭煲、文库本，从花瓶到三角钢琴，每样东西上都布满尘埃。

从厨房到起居室，从卧室到玄关，泉挨个用掸子扫去灰尘，擦拭干净，再把东西收进纸箱。书架里是无数的乐谱，莫扎特、肖邦、巴赫、贝多芬、舒曼、拉威尔[1]，还有萨蒂[2]。这是母亲弹过无数次的旋律。随着百合子钢琴的音色，它们回旋叠唱。

若干纪念照，一起去看的电影和演奏会的票根，旅游景点买的焖饭锅，生日送她的手表，马克杯和项链。失去屋主后的一切看起来都像褪了色，不过在记忆里它们或许会永远鲜艳如初。

在滨海疗养院的最后几天里，百合子一直在沉睡。从早到午，从午到晚，始终不醒。也许她一直在遨游梦境吧。就像梦中时

1. 莫里斯·拉威尔（1875—1937），法国作曲家，印象派代表人物之一。

2. 埃里克·萨蒂（1866—1925），法国作曲家，二十世纪法国前卫音乐代表人物。

间和空间都毫无意义一样，也许母亲也主动模糊了现实和其他世界的界限吧。

祝您新年快乐。

生日快乐。

庆祝完元旦生日的六天后，母亲因肺炎离开了人世，就像睡着了一样。虽然有了儿子，泉还是单独和母亲迎接新年。这是泉和母亲之间为数不多的、不成言的约定。

在火葬场烧完一个小时后，百合子变成雪白的骨头被送了出来。泉用竹筷夹起白骨，咔嗒咔嗒地放进骨灰盒。装着整个母亲的陶壶，比想象中要轻。这份轻似乎在告诉泉，构成一个人的并不是肉体。从母亲过世直到葬礼结束，泉没掉一滴眼泪。他还需要些时间，才能接受母亲已不在这个世界的事实。

六个月后，母亲的房子终于找到买主，他这才去了一趟。

泉打开快报废的空调，调到最低温度，背对喧嚣的蝉鸣，花了整整两天独自收拾母亲的遗物。除了一些还能用的捐给了滨海疗养院，其他的他全都处理了。日向马上就要周岁了。玩具啦，婴儿车啦，衣服餐具啦，儿子的东西越来越多，已经没地方放百合子的遗物了。虽说也觉得不舍，不过这样也好吧，泉看着满屋儿子的东西接受了这个安排。

百合子的家已经空空荡荡。泉独自躺在地板上，看着院子对面的居民楼窗户。他望着四角形的光亮发了会儿呆，从早开始忙了一天的疲劳感一下子涌上来，让他不知不觉睡着了。

突然，一串爆炸声响起，泉惊醒过来。

他半梦半醒地坐起身，只见白色的烟花在深蓝色的天空次第绽放。

“我一直有个愿望，想住在能看到烟花的房子里。”

身边仿佛传来了百合子让人怀念的声音。

“虽然只是巧合，这个愿望竟然实现了。”

母亲从神户回来几个月后，决定到新地方继续当钢琴老师。泉心里清楚，开始新生活后，百合子想重新做个尽职的母亲，可他心里依然有隔阂。

搬家那天晚上，母子二人正坐在空荡荡的屋檐下吃西瓜，远处的天空里升起了烟花。

然而高耸的居民楼挡在前面，只能看到烟花的上半。而且绽在低处的烟花只能听听声音，只有偶尔升到高处的烟花，才能在居民楼屋顶露出半张脸。

“烟花真漂亮……比之前看过的都漂亮。”

百合子看着半圆形的光，露出微笑。

“可是只能看到一半。”

泉啃着西瓜伸长脖子，想找个能看得更清楚的角度。

“不过对我来说是最漂亮的。今天跟你一起，在空荡荡的家里，看着只有一半的烟花，我感觉特别开心。”

泉也觉得很漂亮，包括母亲含泪望着烟花的侧脸。

“我总感觉吧……”

“什么？”

“烟花，还挺悲伤的吧。放完就被人忘了，没人记得是什么颜色，什么形状。”

“也许吧……不过就算忘了颜色和形状，但跟谁一起看的，怀着怎样的心情，这些都会留在回忆里。”

“你说，对不对？”百合子盯着泉，握住了他的手。

“嗯……我不会忘的。”

“今天的事，我会一直记得。”泉看着只有一半的烟花，低喃道。

“这可不好说。”百合子看着泉的侧脸笑了，“你肯定会忘的。每个人都在不停遗忘。不过我觉得这也挺好。”

孤身一人的泉眼前，白色、红色、黄色的烟花接连升起。

每一个都只能看到一半。二十几年后，当“半个烟花”再次出现在眼前，泉清晰地想起了当时和母亲说过的话。

“你肯定会忘的。”

耳边又响起母亲的预言。

母亲一直都记得。是自己忘了。原来半个烟花就在眼前。可自己却没能如母亲的愿，让她最后看上一眼。

懊悔和悲伤一起涌上心头，泉整个人都在抖。他说不出话，抱着膝盖蹲下身，难受得只能呜咽。半个烟花不断绽放，唤起他和母亲的点点滴滴。泪水代替言语夺眶而出，打湿了他的脸颊。

妈妈，对不起，我全都忘了。

在游乐园走丢那次，母亲哭着把自己搂进怀里。结束了工作之后，还通宵给自己缝装体操服的袋子。总是把她的玉子烧分给自己吃。拼了命地找那只花朵图案的口袋，只因为是自己送的生日礼物。运动会上明明一个人很不自在，却比谁都大声地给自己加油。终于想起来了。在母亲遗忘之前，他本想对她说一声“谢谢”的。毕业典礼后一起在家庭餐馆里的庆祝。骑车带自己去看棒球比赛时汗湿的后背。在小小的雪屋里喝过的红豆年糕汤。想让自己惊喜而送的电吉他，虽然真心想要的是另一个牌子，不过还是非常开心。二人一起去旅游钓起了大鱼，那也是母亲这辈子第一次钓鱼。

明明有这么多快乐的回忆，为什么就忘了呢？

“明天就要去新的初中读书了，准备好了吗？没问题吧？”

烟花正到高潮，玄关的蜂鸣器响起，行李送到了。空房间转眼就堆满了纸箱。“当然没问题，我又不是小孩子了。”

泉打开封好的纸箱，拿出明天要用的东西。校服、书包、鞋子、教科书。

“校服还穿旧的吗？刚上初中就一直穿，差不多也该换套新的了。”

“不用，就穿这套。不过想请你帮个忙。”

“怎么了？”

泉展开校裤拿到百合子面前，膝盖上破了个大洞。

“破了个大口子，能帮我缝一下吗？”

“哎呀，破得这么厉害，怎么弄成这样的？”

百合子接过裤子，摸着布料的裂口。

“没什么，朋友硬要给我送别，玩了个摔跤，结果撕破了。”

“为什么要摔跤啊？”百合子捂着嘴乐了，“不过可能补不起来，洞太大，布料也破破烂烂的了。”

“无所谓。破破烂烂也行，到处是洞也没关系。”

半个烟花接连绽放。一如泉和百合子共住的家里绽放过的数百朵花，只留下美的记忆，然后消散无踪。

海边吹来的风，伴着青烟，送来火药的气味。

模糊的泪眼里，半圆的彩光百花齐放，浮现出母亲曾经的身姿，久久不散。

[全书完]

——最后，对我的祖母中河芳子，献上最诚挚的谢意。

我和妈妈的最后一年

作者 _ [日] 川村元气　译者 _ 果露怡

产品经理 _ 夏言　装帧设计 _ 星野
技术编辑 _ 顾逸飞　责任印制 _ 刘淼　出品人 _ 吴涛

营销团队 _ 毛婷 阮班欢 孙烨

果麦
www.guomai.cc

以 微 小 的 力 量 推 动 文 明

图书在版编目（CIP）数据

我和妈妈的最后一年 / （日）川村元气著 ; 果露怡译. -- 天津 : 天津人民出版社, 2022.3（2023.5重印）
ISBN 978-7-201-17834-9

Ⅰ. ①我… Ⅱ. ①川… ②果… Ⅲ. ①长篇小说一日本一现代 Ⅳ. ①I313.45

中国版本图书馆CIP数据核字（2021）第234649号

图字 02-2021-206 号

我和妈妈的最后一年
WO HE MAMA DE ZUIHOU YINIAN

出　　版　天津人民出版社
出 版 人　刘　庆
地　　址　天津市和平区西康路35号康岳大厦
邮政编码　300051
邮购电话　022-23332469
电子信箱　reader@tjrmcbs.com

责任编辑　金晓芸
特约编辑　康嘉瑄
产品经理　夏　言
装帧设计　星　野
插图作者　[日]木内达朗

制版印刷　北京盛通印刷股份有限公司
经　　销　新华书店
发　　行　果麦文化传媒股份有限公司
开　　本　880毫米×1230毫米　1/32
印　　张　6.25
印　　数　9,001-12,000
字　　数　140千字
版次印次　2022年3月第1版　2023年5月第2次印刷
定　　价　39.80元